わりとよくある恋の話

MASAKO IMAIZUMI
今泉まさ子

CHOCOLAT BUNKO

JN282464

ILLUSTRATION 海老原由里

CONTENTS

本作の内容はすべてフィクションです。
実在の人物、事件、団体などにはいっさい関係がありません。

わりとよくある恋の話

三郷敦彦《みさとあつひこ》は、顧問先から依頼されていた起案中の合意書を急いで仕上げてプリントアウトし、一緒に案件を担当している先輩弁護士の執務室へ向かった。

昨年シニアパートナーに昇格した向井《むかい》はちょうど不惑《ふわく》を越えたあたりの中堅弁護士で、五年前にアメリカでの研修を終えて帰国し、順当に出世している稼ぎ頭の一人だ。よくいえば個性的、はっきりいえば付き合いにくい曲者揃《くせものぞろ》いの先輩弁護士達の中では、若いせいか柔軟で人当たりも柔らかい。愛妻《あいさい》も他の事務所に勤務する弁護士で、生活が不規則な上に外食が多いせいか少々メタボ気味だが、そんな体型も依頼者の親近感を呼ぶらしく、抱えている顧客《こきゃく》は多かった。

敦彦は、今年一年はこの向井の下で仕事をすることになっているが、指示が的確で教わることも多いので、できれば来年以降も担当替えは、しないでほしいという気持ちでいる。

合意書をチェックした向井は、訂正個所を指摘してくるだろうが、それはおそらく明日の昼ごろのことだろうから、これさえ済めば今日は帰れるはずだった。

就職難は法曹《ほうそう》の世界でも例外ではなく、毎年新人弁護士は増えていくのに、事務所の数は増えない。定年もない業界では、少ない椅子の奪い合いは、企業に就職しようとする学生のそれとは比べものにならない熾烈《しれつ》さだった。

その苛烈《かれつ》な競争のなかで、敦彦はある種の勝ち組といえる。男性にしては細身ながら、すらりとスマートな体型は、デザイナーズの身幅《みはば》の狭いスーツも楽に着こなせる。背はそう高い方ではないが、女性に見下ろされることは、相手がパリコレモデルでもない限り、まずない。そしてなによりも、整った華やかな顔立ちをしていた。信用と信頼がものを言う弁護士という商売では、あまりハンサム過ぎると軽薄に思われたり、下手《へた》をすると依頼者から妙な秋波《しゅうは》を送られてトラブルになったりすることもある。だが、敦彦の場合は、常に浮かべている柔和《にゅうわ》な表情が、相対する者に親しみやすさを与え、美貌《びぼう》をオブラートに包む役割を果たしていた。

その上、数百人の弁護士を抱える国内有数の大規模事務所に勤務し、それなりの実績も上げている。余程下手を打たない限り、もう二、三年もすればボス弁から留学の話が持ちかけられることだろう。

都内でも有数の高層ビルの中層階二フロアに展開している国松《くにまつ》&パートナーズ国際総合法律事務所では、二百名を超える弁護士と百五十名ほどの事務員が働いており、その約半数以上がこのフロアにいる。ぶち抜きのフロアは幾つものパーティションで小さく区切られていて、そのスペースの一つ一つにアソシエイトと呼ばれる下っ端弁護士――――敦彦もその一人である――――が席を占め、数人単位でチームを作っている事務員のスペースを取り囲むようにしている。そのフロアをぐるりと一周するように並んでいる個室がパートナー弁護士と呼ばれる幹部経営者達の執務室になっていた。アソシエイトなら誰でもまずはその個室を、最終的には幹部達の個室がある上階に執務室を構えるか、独立して一国の主になるか、を夢に見る。

敦彦は、階下の個室の中でも最も新しい一室のドアをノックした。

「向井さん、メステクニカルの合意書案できました」

「おお、早いな、サンキュー」

パソコン画面と睨《にら》めっこしていた向井は、待ちかねていたようにして受け取る。ざっと目を通して、うんまぁいいいんじゃないの、と呟いた。

「三郷は仕事早いから助かるよ」

向井がそう言うのは、敦彦と同じように向井についているもう一人のアソシエイトに足を引っ張られることが頻繁《ひんぱん》にあるからである。

「三郷は、近野《こんの》とは同級生だったよなぁ。同じ大学出てて、どうしてこうも違うかねぇ…」

所内では温厚な方の向井ですらぼやきたくなるほど、近野は、いわゆる使えない男なのだ。

「大学は同じですが、クラスもゼミも違いますし…」

「ゼミとかの違いじゃないだろう、あれは」

向井の声はうんざり感を増している。

近野は、勉強はできるが、ただそれだけ、といった典型的《てんけいてき》な頭でっかちタイプだ。進学校から現役で大学合格、三年時に司法試験に合格しているからエリート中のエリートといえなくもないが、対人関係にかなり問題がある。自分は正しく決して間違わないと信じ切っているため、他者の忠告はもちろんのこと、話にも耳を貸そうとしない。

これまでに近野の態度に憤激《ふんげき》して手元から追い払ったパートナーは三人、怒らせた顧客は片手の数ほどになる。

そんな厄介者《やっかいもの》がクビにならないのは、経営陣の一人である嶋村《しまむら》弁護士の甥《おい》にあたるせいだ。嶋村も甥の駄目さ加減にはとうに気付いており、何度か辞めさせようとしたようだが、その度《たび》に自身の姉にあたる近野の母親に泣き落しの懇願《こんがん》をされて、解雇を撤回《てっかい》せざるを得なくなっていた。

まさに、国松&パートナーズの不良債権《ふりょうさいけん》なのである。

毎年、年度末に経営陣に当たるシニアパートナー弁護士達がその年の仕事の総点検と、次年度の経営戦略を練る、いわば経営会議が開かれるのだが、ここ数年、近野は議題の常連であるというのが、事務所内でのもっぱらの噂《うわさ》であった。その会議では、パートナーやアソシエイトなど事務所に籍を置く全ての弁護士の実績の評価の他に、人事査定も行われる。どのパートナーの下に、アソシエイトを何人付けるか、そのアソシエイトは誰にするか、秘書はどのグループにするのか、なども決められた。

近野の扱いは毎回頭痛の種ではあっても、嶋村に遠慮して、シニアパートナー達の誰も、解雇の二文字を口にできない。そこで毎回問題になるのが、この一年間、近野をどのパートナーに割り振るか、である。

比較的穏やかな気性と、根気のいる作業も厭《いと》わない粘《ねば》り強さとが買われて、今年の貧乏くじを引いてしまった向井であったが、上司である嶋村から直接頭をドげられては嫌だとは言えず、一年間の期限付きで、不承不承《ふしょうぶしょう》、上司の不肖《ふしょう》の甥の面倒を見ているのであった。

「俺、最近、すごく髪が抜けるんだよね…。メタボな上にハゲになったら、女房に愛想尽かされそう。うちの奥さん、離婚問題強いからさぁ。調停とかになったら、身包《みぐる》み剥《は》がされるな、きっと…」

遠い目をしながら想像しつつ、イヤ〜な顔つきをした向井が、敦彦は少し哀れになる。

向井の妻は小規模の法律事務所に勤務しているようだが、離婚や相続といった家事事件には滅法《めっぽう》強いらしいと聞いていた。

「近野のやつ、交換研修で他所《よそ》に出しちゃえばいいのになぁ」

「交換研修？　なんですか、それ」

敦彦が尋ねると、向井は、あ！　という顔をしたが、すぐに「まぁいいか」と呟いた。

「三郷は口堅い、っていうか重いから、話すけど、まだ他言無用で頼むよ」

もちろんです、と敦彦が頷くと、向井は、先日のパートナー会議で決まった、他事務所との若手弁護士の交換研修制度のことを教えてくれた。

「最近じゃあ、グローバル化を目指して中小企業も海外進出するようになったから企業法務のニーズが増えてるけど、うちみたいな大手じゃ敷居《しきい》が高い人達もいる。といって、経験のない町弁《まちべん》がいきなり国際法務を依頼されても困る、っていうんで、他所の若手をしばらく預かって経験を積んでもらおうってことになったんだ。もちろん、うちからも、これと思った若手を出すことになってる。――意味わかるよな？」

敦彦は無言で頷いた。

研修に出されるということは、変則的《へんそくてき》な形での肩たたきに等しい。企業法務を主として扱う大手事務所では使えないから、この事務所ではまず引き受けることのない債務《さいむ》整理や交通事故をはじめとする民事事件、離婚や遺産相続が主となる家事事件、殺人、窃盗《せっとう》、暴力や詐欺《さぎ》など罪を犯した被告人を弁護する刑事事件の修業を積んで独立しろ、つまりは事務所を辞めろ、という経営陣からのメッセージだということだ。

だから、実際、研修に出るのは若手というより、アソシエイトピラミッドの上の方になるだろう。一定期間在籍しても昇格しないと、出世競争からは置き去りにされたとみなされる。自覚したり、上司から暗に促《うなが》されたりした中堅弁護士達は、独立のため事務所を辞めていく。毎年、そうした弁護士は数名、年によっては十数名にもなった。

「これも内緒だけど、来年か、再来年あたり、三郷をハーバードにでもやるかって、嶋村先生が言ってたから」

心配するな、と向井は微《かす》かに笑みを見せる。その言葉は、まず間違いなく真実だろう。自分でもそろそろではないかと感じていたし、何より向井はこういうことで後輩弁護士を引っ掛けたりしない。これが他の弁護士、たとえば昨年の直属だった上田《うえだ》弁護士あたりなら、真意を測《はか》りかねて疑ってかかったところだが。

「これは手を入れて、明日、そっちに戻すから」

ご苦労さん、とねぎらいの言葉とともに、今日は帰っていいとの暗黙の許しが出て、敦彦は内心でほっとした。

自分のブースに戻ると、メールボックスをチェックし、二本ほど電話をかけてから、パソコンの電源を切ったところで、携帯が鳴る。画面を見ると、思わぬことに、ついこの間別れ話をしたばかりの元恋人からのメールだった。別れたその晩、真っ先にアドレスを削《さく》除《じょ》したのに、これがそうだと記憶している自分が少し情けない。だが、もう返信するつもりはなかった。傷つけあうのも馴れ合うのも好きじゃないし、惰性《だせい》でよりを戻すほど長い付き合いじゃない。

身体の相性はイイと相手は思っていたようだが、敦彦にしてみれば最悪の一歩手前と言ったところだ。セックスが独りよがりなのは、人間性がそうだからだ、と言ったのは、よく行く店のオーナーだったが、今回ばかりはまさにその通りだとしか思えない。

大っぴらにできない関係だから、お互いにそれなりの社会的地位があるのが望ましいと思い、口の堅い相手を選んできたつもりだったが、まさにそれだけでしかなかった。

暴力を振るうわけでもなく、妻帯者《さいたいしゃ》でもなかったが、どうにも合わない、と最初から感じていたのが隠せなくなったのだろう。

終わりにしようと言ったのは彼の方だったが、敦彦も即座《そくざ》に同意した。

同性しか恋愛対象にできない。そんな秘密を、一番の友人にすら隠し続けている。罪悪感と、バレたときの恐怖に支配されて、時折、押し潰《つぶ》されそうに感じることもあった。

と言って、バイではない敦彦は女性と付き合えるわけもなく、結婚も論外だったから、ことプライベートにおいては、綱渡りのような生活を続けていくしかなかった。

こんな孤独と不安を抱えたまま一生を終えるかもしれないと思うと、寂寥感《せきりょうかん》にじわじわと蝕《むしば》まれそうになる。

何もかも話せて、許しあえる相手がいたら、どれほど楽になれるか。そんな刹那的《せつなてき》な願いを振り払うようにして、立ち上がる。

面倒事は避《さ》けて通る主義の敦彦は、元彼の番号とメールに着信拒否の設定をしてから、椅子の背に掛けておいた上着を羽織《はお》った。今夜久しぶりに会う友人の怒った顔が脳裏をちらりと過った。

左腕の時計にちらりと目を走らせ、ともすればつきそうになるため息を、なんとか噛み殺した。残業続きの合間を縫って、なんとか二週間ぶりに八時前に職場を出られたものの、回ってきたメールにあった時間はとっくに過ぎている。

高校時代のクラスメイトの仲野《なかの》から、同じくクラスメイトだった高杉航平《たかすぎこうへい》の壮行会《そうこうかい》をやると連絡が来たのは先週のことである。転勤すること自体は高杉本人から聞かされていたし、お祭り好きとも言える性格を考えれば、旧知の友人知人が、激励にかこつけて宴会をしようと目論《もくろ》んだとしても少しも不思議ではなかった。

高校での三年間、同じ教室で過ごした高杉は、敦彦にとって最も気の置けない友人で、違う大学に進学してからはさすがに頻繁に顔を合わせることはなく、連絡を取ることも少なくなっていたが、近況報告程度のメール交換は続いている。高杉が商社マンに、敦彦が弁護士になってからも、互いの現状はだいたい把握《はあく》し合っていると言ってもよかった。

敦彦にとって、そんな付き合いのあるのは高杉くらいだったから、傍《はた》から見れば付き合いの長いかなり親しい友人の部類に入るだろう。

ちょっとまずいかな、と思いながら、敦彦は店のドアを押し開けた。

高杉のことだからあからさまに怒ったりはしないだろうが、一つ二つの嫌味《いやみ》は食らうことくらいは覚悟している。

俺のことが嫌いなんだろうとか、蔑《ないがし》ろにされている、などとわざとらしく嘆《なげ》かれて、周囲の同情と失笑《しっしょう》を買うことになる予感がするのは気のせいだとは思えない。

あまり広くない店は、今日は貸し切りになっている。テーブルや椅子を壁際に寄せてスペースを作ったフロアにひしめき合っている人々の中に、敦彦の顔見知りは半分もいない。

学生時代からの友人達と、職場の同僚が主だった面子《めんつ》らしいが、敦彦は大学も職場も異なるうえに、多趣味で知己《ちき》が多い高杉の顔の広さは想像以上だった。

今どき、海外転勤くらいで壮行会もないだろうと思うのだが、友人知人を山ほど集めてしまう辺りが、高杉のある種の人徳《じんとく》といえるのだろう。

高校のころから何かと人の輪の真ん中にいた高杉と、群れるのが苦手だった敦彦がつるんでいられたのは、傍若無人《ぼうじゃくぶじん》さと紙一重《かみひとえ》なほどに物怖《ものお》じしない高杉の性格によるものだった。

人当たりの良さが売りのような高杉は、これと信頼した相手にしか辛辣《しんらつ》な言葉を吐いたり、不機嫌な表情を見せたりしない。それは、ある種のバロメーターで、学内でも人気者だった高杉から邪険《じゃけん》にされるのがステイタスのようにすら思われていた節《ふし》があったのだと、さして親しくもなかったクラスメイトの一人に教えられことを思い出す。

そんなことを知らなくてもいいほどに、敦彦にとっては高杉の率直《そっちょく》すぎる物言いは日常的なものだった。そんな態度を「無頓着《むとんちゃく》だ」と揶揄《やゆ》してきたのは、あまりにも当然のように高杉の親友の座におさまっていた敦彦へのやっかみが多分に込められていたせいだ。

だが、意図《いと》はどうであれ、役に立たない情報ではなかったようだ。

「三郷！」

人だかりに近付こうとした瞬間に、幹事役の仲野が目敏《めざと》く見つけてこちらに寄って来る。

「遅くなって悪いな」

「来られただけ奇跡だって思ってるよ」

毎日午前様《ごぜんさま》なんだって？　と聞いてきた仲野の表情は、偽《いつわ》りなく気の毒そうだ。情報通で察しがいい仲野のことである。敦彦が大手事務所で弁護士勤務をしていると漏れ聞いて、仕事を切り上げてくるのは難しいかもしれないと予測していたのだろう。

営業のつもりで、同窓会《どうそう》や異業種交流会にはできるだけ出席しておいた方がいい、という先輩弁護士のアドバイスにしたがって、こういう集まりには都合の付く限り顔を出してきた。それでも、なんだかんだで忙しくしていたため毎回出席というわけにはいかず、仲野や高杉と前回顔を合わせたのは一年以上前のことになる。

「よくこれだけ集まったな…」

フロアを眺めた敦彦が感心したように言うと、俺も予想外でさ、と仲野が応じる。

「高杉と同じ大学のやつらや、会社の同僚なんかにも声をかけて、面倒だからまとめて壮行会やらないかって言ったら、こんなになっちまった」

そう言って苦笑を洩《も》らしていた仲野だが、盛況《せいきょう》なのは明らかで、幹事役としては満足に違いない。

「にしても、高杉の大学の同級生とか、会社の同僚とか、よく連絡先知ってたな」

「大学んときの連中は合コンの人数合わせに呼ばれたついでにメアド交換してたし、会社の方はカラオケで、たまたま、な」

合コンの二次会で流れたカラオケ店で、同僚と来ていた高杉に偶然会ったときに、名刺交換をしていたのだという。そういう機会を逃さない故《ゆえ》か、仲野は営業マンとしてかなり優秀らしい。

その仲野も、さすがに職場の送別会は別個にやると言われるかと思っていたのだが、高杉の上司がさばけた人物らしく、大勢の方が賑《にぎ》やかでいいだろうし、部下の旧友達から面白《おもしろ》い話も聞けるだろうと言って、二つ返事で快諾《かいだく》してきたのだと説明された。

その高杉の勤める商社からは、同じ部署の同僚達や同期だけでなく、他部署の上司や一部役員までもが面白がってきているらしい。

「で、あの騒ぎか」

敦彦が呟くと、仲野は笑いながらフロアの真ん中あたりを指し示した。人だかりができて、時おりどっと歓声が沸いている。

「大学仲間や同僚連中が、高杉の悪行《あくぎょう》の大暴露《だいばくろ》大会してるとこ。あいつは本当に逸話《いつわ》に事欠かない男だよ」

笑った仲野に連れられて、敦彦も人だかりの方へと近寄った。

「もう一人のエリート弁護士先生のご登場だぞ～」

敦彦が止める間もなく仲野が大声を上げると、笑っていた連中が一斉《いっせい》にこちらを振り向いた。

人だかりの真ん中で、高杉が苦りきったような顔をして立っている。

こういう場合は先に謝っておく方がいいと、長年の付き合いで敦彦はよくよく承知していた。高杉とは、高校のころからの付き合いだったから、対処を誤ることは、ほぼないと言ってもいい。

「遅くなって、ごめんな」

「忙しいんだよな、そうだよな、わかってるよ」

人垣を抜け出してきた高杉は言って、敦彦の肩に手を置いた。

「わかっちゃいるが、納得はしないぞ」

作ったような真面目な顔つきが剣呑《けんのん》で、そらきた、と思う。

「高校からの大大親友のこの俺様が、地球の裏側へすっ飛ばされようっていうんだぞ。少しは憐みってもんを持て！」

大袈裟《おおげさ》だ、とかロスは地球の裏側じゃないぞ、という呆れたような呟きが背後から聞こえてくるが、高杉の耳には入らないようだ。

「ああ、そうだねぇ、可哀そう、可哀そう」

「心がこもってない！」

いなすように棒読みだったセリフは、高杉を取り囲んでいた友人達の微苦笑を誘った。

思えば、高校のころから漫才《まんざい》のようなやりとりだと、呆れられたものだ。

成長していないといえばそうなのかもしれない。高杉といるときは、制服を着ていたころに瞬時に戻ってしまう気がするのだ。

「まぁ、ドMの高杉にはそのくらいでちょうどいいってことだろ」

背後から入った茶々《ちゃちゃ》に、場がどっと沸いた。

基本的に外面《そとづら》のいい高杉が、あからさまにムッとした顔を向けているところからすると、かなり親しいのだろう。声がした方に視線を向けて、高校入学時から百八十を超えていた長身の高杉と目線が変わらない男に目をとめた途端、敦彦は知っている顔だと思った。

あれ？　と思わず首をかしげた敦彦を見て、男があからさまにがっかりしたような顔つきになった。

「久永《ひさなが》だけど、同期の…」

「ああ！」

仲野がもう一人の弁護士と言った理由はこの男がいたからかと合点《がてん》して、思わずといった体《てい》で手を叩いた敦彦に、久永は益々《ますます》意気消沈《いきしょうちん》した様子になる。

「俺って、そんなに目立たないか？　そりゃ、クラスも違って接点ないみたいなもんだけど、顔と名前くらい知っててくれてもいいと思うんだよな…」

「って言われても…」

同期といっても千人くらいいるのである。見覚えがある、というだけでも奇跡的だろうと敦彦は言い返したくなった。

うろ覚えながらも久永を見知っていたのにはわけがある。

近年の法曹人口倍増計画のせいで、弁護士過多になっているため新人の就職難は久しく、コネも実力もない者達のやっかみがかなり入った、昔の雑談の断片を記憶の片隅から引っ張り出す。

受かる前から就職先が決まってるやつはいいよなぁ、とあからさまな妬《ねた》みを隠しもせずに口走った者は相当数いた。親も弁護士という二世は少なからず存在するが、父親や兄、姉をはじめ、叔父たちや従弟《いとこ》に至るまで皆弁護士だという家系はなかなか珍しい。

久永耀一《よういち》は、法曹界のサラブレッドとしか言いようがない存在だった。祖父が設立し、今は父親が代表を務める彼の事務所は、身内の他にも数人の弁護士を雇い入れており、刑事弁護から離婚相談まで幅広く手掛け、不況の昨今《さっこん》でもリストラもなく経営は順調らしい。

国内有数の大手事務所に所属している敦彦は、弁護士仲間から見れば羨《うらや》ましい限りの身分だろうが、実際は厳しい成果制に晒《さら》され、その日のうちに帰宅できる日は月に数えるほどしかなく、休日出勤も当り前という労基署《ろうきしょ》が知ったら勧告を食らいそうな環境にいる。

それに引き換え、身内なだけにやりにくいことも多々あるだろうが、現役大学生よりも厳しいくらいの就活も、食べていけるだけの顧客も掴まないうちに促される独立への不安も、まず味わいそうにない同族事務所は、敦彦にとっても羨ましい環境であった。

その上、長身で見てくれもいいときていたから、就職先を見つけられずに汲々《きゅうきゅう》としていた連中の妬みを一身《いっしん》に買いまくっていたともいえる。もっとも、当人はそんな周囲のやっかみを気にしないのか、そもそも感じないのか、平然としていた。それがまた面憎《つらにく》いのだと愚痴《ぐち》っていた者がいたのを、敦彦は思い出していた。

今日この場にいるのは、高杉と大学が同窓だったかららしい。

「弁護士って、同期のきずなって強いって聞いてたんだけど、なんか、そんなでもない？」

興味津々で仲野が聞いて来るのに、敦彦は苦笑を返した。

「一昔前までは、同期っていっても五、六百人だったけど、俺達は千人くらいいるし、全員の顔と名前なんかわかるわけないって」

「じゃ、なんで三郷のこと、覚えてたわけ？」

驚いた顔を隠さない仲野に問われて、今度は久永が苦笑する。

「そりゃ、有名人だし。最高学府出身者の中でも金時計もらった秀才っていうんで、注目集めまくってたから」

「いや、それ嘘だから。うちの大学、金時計配るのとっくの昔にやめてるし」

敦彦が言うと、久永だけでなく周りにいたほぼ全員が驚いたように目を見張った。卒業時、首席には金時計が渡されるという伝説はしっかり残っているようだ。

実際には、金時計ではなく銀時計だったらしいと聞いた話を口にすれば、ますます驚かれた。

「でも、首席だろ。聞いてるぜ、塚本《つかもと》から」

同じ大学で、司法修習も同期だった塚本の名前を出されて、人数が増えても横の繋がりはそれなりに保たれているのだと知る。

敦彦は国立の最高学府から法科大学院、司法試験までをノンストップで駆け抜け、国内最大手の事務所に鳴り物入りで就職した、いわば絵に描いたような業界の星である。

方《かた》や、久永は、祖父が創業し、今や父親が代表を務めるが経営する中堅どころの事務所に勤務し、法曹界きっての司法一族の出だ。法曹界では両極端で、かつ代表的なありようと言ってもいい。

同じ年に修習を受けた弁護士同士、いわゆる同期で、同じ首都圏に勤務しているのであれば、弁護士会の研修などに出席すれば顔を合わせる機会がないでもない。だが、敦彦は滅多に研修などには出ないうえ、弁護士会が設置している私的委員会などにも参加していないため、他の事務所の弁護士と接触する機会はほとんどなかった。

「ああ、修習で同じクラスだったっけ？」

あいつどうしてる？　と尋ねようとすると、ぬっと高杉が割って入ってきた。

「同業者で盛り上がってるんじゃない！　今日の主役は俺だ！　俺様を立てろ！　無視するな！」

祝い酒だか別れの盃《さかずき》だか知らないが、何かしらの名目《めいもく》を付けられて随分《ずいぶん》飲まされていたらしい高杉は、珍しく酔っているようで、目の周りが赤くなっている。日頃ならば、もう少し遠まわしな言葉を選ぶだろうに、絡んでいるとしか思えないような言い草をしているのは、少しばかり飲み過ぎているせいに違いなかった。

「無視はしてないぞ。視界に入れてなかっただけで」

にやにやしている久永を高杉がねめつける。

悪ガキがじゃれあうようにしか見えない二人のやり取りをなんとなしに眺めながら、敦彦は苦笑を隠せない。高杉自身から「この俺に挑戦してくるやつがいる」などと愚痴めいた言い方で聞かされていた同じ大学の悪友が久永に違いないと確信したのは、言い合いでもしているかのようなやり取りを目の当たりにしてからだ。

ああ言えばこう言う的な会話の上での切り返しは、弁護士という職業柄必須《ひっす》だから、敦彦とてできないわけではないが、高杉のようにはとてもできないだろうなと思う。

肝心《かんじん》なところでは引かないという、仕事の上での詰めを誤ったりはしないものの、我《が》を張りとおすのはあまり得意ではない。だからなのか、人付き合いが煩《わずら》わしく感じることがあって、親しい友人と呼べるのは、高杉と仲野くらいなものだった。

付き合いが長いせいか、高杉には、鬱陶《うっとう》しさを感じさせられることもなかったし、面倒くさくなった敦彦がぶっきら棒な物言いをしたりしても、臍《へそ》を曲げたりしなかったから、気の置けない素の付き合いができる数少ない存在であった。

(俺、本当に友達いないよな…)

今さらながら自覚したところで、性格は変えられない。そろそろ三十に手が届こうかという年になって、友達作りもないだろうと一人自嘲《じちょう》を噛み殺した。

「耀一、おまえは、敦彦に慣れ慣れしくするな。口きくな、触るな、近寄るな」

酔った勢いで訳が分からなくなっているのか、むちゃくちゃな要求をする高杉に久永は苦笑しただけだったが、彼らを取り囲む輪の中にいた高校からの友人達は、ワッと囃《はや》したてた。

「出た～、高杉の独占宣言!」

「まだ言ってんの、高杉ぃ。おまえがそんなこと言ってっから、三郷が決まったカノジョ

作れなかったんじゃねぇの?」

「いい加減に邪魔《じゃま》すんのやめろよなぁ〜」

「三郷の未来の嫁に嫌われんぞ〜」

「そんなに心配しなくたって、おまえと三郷の仲を引き裂いたりしないから」

口々に言いながら、高杉の肩や背中を叩いて宥《なだ》めようとしている旧友達を見て、敦彦は目を丸くした。そんな敦彦の様子を、友人の一人が目敏く見つける。

「ありゃ、三郷、なに、そんなにびっくりしてんの?」

「え、もしかして知らなかったとか?」

「うそ、マジで?」

わらわらと取り囲まれて、今度は自分がびっくりされる番になった敦彦は、訳が分からずに思わず眉《まゆ》をひそめる。

「高杉って、変なとこガキっぽいよなぁ。昔っから、俺らが三郷と仲良くしてると、めっちゃ機嫌悪ぃんだよ。あとで軽く復讐《ふくしゅう》されたりしたし」

な、と一人が言えば、そうそう、と他の旧友達も笑いながら一同に頷いている。

「ホント、おもしれぇよな、高杉って。見てて飽きないっていうか。常に話題を提供してくれるっていうか」

「歩く娯楽《ごらく》満載男だしな」

げらげら笑いあう様子から、高杉の言動はクラスのレクリエーションと化していたのだと、敦彦は察した。

「で、なんで、そういうことを、俺が知らないわけ？」

敦彦は横にいた高杉を軽く睨んだ。が、高杉は、まるで悪びれる様子がない。

「そりゃ、バレたら、敦彦が怒るからに決まってるだろ」

あっさりとそんなふうに言われては、文句を言う気力も萎《な》えた。それでも、そのまま済ませてしまう気にはなれず、俺の知らないところで、散々《さんざん》ネタにして遊びやがってという非難がましい目付きでねめつけてやることにした。

そんな思惑《おもわく》をすぐに理解したらしい高杉は、視線を外して明後日《あさって》の方へと泳がせている。

「さしもの航平も、三郷には敵《かな》わないってところか」

久永がからかうような目つきで、高杉を見やった。

高杉はといえば、苦虫《にがむし》を潰したような顔をして久永を見据《みす》えている。が、久永はそんな高杉の反応を楽しんでいるかのように、今日くらい主賓《しゅひん》らしくいじられ役に徹していろ、などと言った。

「俺と三郷は、同期の旧交を温めついでに共通のダチの話で盛り上がることにするから、おまえは理解のある友人達と長《なが》の別れを惜しんで来いよ」

久永はそう言って、にやにやしながら高杉を取り巻いている友人たちの輪へと視線を巡らせた。

「おまえらとも別れを惜しんでやるから、心配するな」

追い払われるような真似《まね》をされてたまるかと、高杉が本日の主賓である立場を主張して、笑いを噛み殺していた敦彦の肩を掴んだ。

「今日はとことん付き合ってもらうからな」

「俺を除者《のけもの》にする気か？　まぁ、こっちは勝手に名刺交換から始めるつもりだから、いいけどな。三郷、知財《ちざい》関係詳しくないか？　顧問先の商標登録の件で、ちょっと相談に乗ってもらえるとありがたいんだ」

久永に視線を向けられると、敦彦は釣り込まれるように頷いていた。傍らで、高杉が抗議するように奇声を上げている。

「いいけど、俺もあんまり詳しくはないかな。去年やった訴訟じゃ、相手が出廷してこなくてあっという間に終わっちゃったんだよね」

「敦彦ぉ〜、耀一に親切にしてやってもいいことないぞ。コイツ、人でなしだからな。利用されてポイ捨てされるぞぉ」

やめておけと喚《わめ》く高杉を、傍にいた旧友の一人が呆れたようにいさめた。

「高杉ぃ、それ、普通は女に言うセリフだろ。たとえば、妹とかさぁ～」

「おまえは、三郷の兄ちゃんか！」

「過保護すぎるんだよ、高杉は～」

あっちこっちからツッコミを入れられた高杉が、旧友達の手で敦彦から引き剥がされる。

「離せっつうの！　おまえらは知らないだろうけどなぁ、耀一の頭の中は下心で一杯なんだぞっ。人の皮をかぶった狼なんだっ」

悪酔いしたかのように喚く高杉を、久永はするりといなした。

「俺の下心なんて、ぶっちゃけて言えば、三郷んとこのボスに紹介してもらえないかな～ってくらいだぜ。可愛いもんだろ？　あ、なんなら高杉んのところの上司でもいいぞ。できれば法務担当の役員とかで」

「営業しようっていうんなら無駄《むだ》だぞ。敦彦の事務所と顧問契約してっから」

「いやいや、そんな大それた野望は持ってないって。だいたい、うちの事務所はアットホームを売り物にしてる呑気者《のんきもの》の集まりだし。一部上場大手企業の顧問契約取れたら、親父も叔父貴達も、甘ったれのグウタラって見方を変えてくれるだろうけどな」

にやりとしながらの久永の言葉は、嫌味も卑下《ひげ》している雰囲気も感じさせなかった。

親族経営の事務所にいる者は、いずれは自分が経営者なのだと立場をひけらかすか、身内に使われる立場に甘んじているのは本意ではない悲哀《ひあい》を醸《かも》し出しているか、どちらかなのだが、久永はそのどちらでもなかった。

弁護士仲間だけの飲み会の場でなら、あげつらわれていたかもしれない話題を自虐ネタとはいえ、自虐性を微塵《みじん》も感じさせずに嘯《うそぶ》いている。そんな人となりを、敦彦は興味深く思った。一体どういう環境にいたら、こんなふうに自然に振舞《ふるま》えるんだろう。

敦彦は、脳裏の中の人物ファイルのうち、久永を「同期」から「高杉の友達のちょっと面白いやつ」に移行させたのだった。

このところストレスがたまっているという自覚が、確かに敦彦にはあった。でなければ、こんなパーティーには顔を出さなかったろう。いくら、今付き合っている相手がいないといっても、こんなところに来るべきじゃなかった、と後悔していた。それも、付き合いたいどころか、寝たいとすら爪のさきほども思えないような男と。

パーティーか…。敦彦は、慎重《しんちょう》に辺りを見回して、ものは言いようだと密《ひそ》かに溜息《ためいき》をついた。

六本木のとあるビルの最上階のそこは、室内の装飾だけ見れば、雰囲気のいいバーか何かのようだが、実際のところは秘密倶楽部《クラブ》とでも呼んだ方がいいような店だ。

完全会員制という小さなプレートだけの店名の表示すらない構えで、ふらりと入ってこようとする一見《いちげん》の客を拒絶しているが、店のなんたるかを知っている人間達には、心おきなく羽目を外せる安全な、だが退廃《たいはい》と乱行の巣窟《そうくつ》のような場所である。

営業は週末だけで、毎回いかがわしい催《もよお》しがあることは、〝会員〟達ならよく知っていたし、店の存在自体は、同類の間ではかなりよく知られた噂にもなっている。

敦彦がこの場所へ来るのは初めてだった。もちろん、店の存在は随分前から聞いていたし、どういう集まりなのかも嘘か本当かわからないような噂話を耳に入れてくれる者には事欠かなかったから、あえて寄りつかないでいたのだが。

今回、敦彦をここへ誘ってきたのは、行きつけにしているその手の店でたまに顔を合わせる石田《いしだ》という男だ。敦彦より二つか三つ年上のようだが、羽振りが良く、医者だという本人の弁もまんざら嘘ではないらしい。何度か食事や、石田の仲間内の集まりに誘われていたが、気が乗らなかったし、決まった相手がいる間は貞操《ていそう》を守ることにしていたから、丁寧《ていねい》に、だが頑《かたく》なに断っていた。

一昨日《おととい》、たまたまカウンターで隣り合わせに座ったときも、何度断られても一向にめげない様子の石田は、前にも増して熱心に誘ってきたのである。

過激なショーも多いけれど、今度のは大人しめで退屈なやつだから大丈夫だと請け合った言葉は、かなり巧みだったと言わざるを得ない。だが、一緒に来ることを同意させたのは、石田の誘い文句ではなく、少し前に別れた男とのあまりにもあっさりした別離に自分でも呆れ、少しばかり自虐的な気分になっていたせいかもしれない。

だが、店内に足を踏み入れたその瞬間、敦彦は心底後悔した。

石田の言う、大人しめで退屈な集まり、とはいわゆる乱交パーティーのことだったらしい。

内扉をくぐった途端に目に入ってきたのは、カウンターで立ったまま交わっている男達で、視線をそらした先でも同じことが、人数が増えた状態で行われていた。あられもない痴態《ちたい》がそこらじゅうで繰り広げられているので、目の持って行き場がない。

噂には聞いていたし、多少の好奇心がなかったとは言わないが、ここまでとは思っていなかった。これで大人しい方なら、派手な集まりはどんなことになっているのやら、ちょっと考えるだけで身震いがする。

　帰りたいと喉元《のどもと》まで出かかった言葉を堪《こら》えるには、かなりの忍耐が必要だった。

　石田と寝るのはあんまり気が進まなかったし、人目のあるところでなど絶対にごめんだった。石田の下心ありありの思惑は手に取るようにわかっていたが、敦彦には、好きにさせてやるつもりは完全になくなっていた。

　こんな場に連れ込んだ石田には呆れるし軽蔑《けいべつ》もするが、一番頭にきているのは、他愛《たあい》ない言葉にまんまと乗せられて、うまく丸め込まれた自分自身にである。

「ちょっと刺激が強かったかな？」

「どうかな…」

　怯《おび》えているつもりはなかったが、それでも声音《こわね》に気配が出ないように祈ってしまう。

　腰に腕を巻き付けてきた石田が、耳朶《じだ》を舐《な》めるようにして話しかけてきた。

「俺と一緒なら大丈夫だから。今日は妙なやつはあんまりいないし、来ても追い払うよ」

　おまえより妙なのが多少なりともこの場にいるのか、と言ってやりたいのをグッと堪えながら、視線だけで『本当に？』とねめ上げた。

「他のやつには触らせないよ。俺とだけ、ね？　それならいいだろう？」

　それにも返事はせずに、敦彦は口元を少しだけ緩めるような笑みを浮かべて見せる。あからさまではないが、信じてないと顔に書いたつもりだ。

「ずっと、あんたに触りたかった…」

店の隅の方の奥まった場所にあるソファの方へ導きながら、石田が纏《まと》わりつくような視線を浴びせかけてくる。粘っこい目つきに、背筋がぞっとした。

辺りの雰囲気からして、SM紛《まが》いの真似をされる心配はないだろうが、石田が友人、知人達に敦彦を味見させてやろうとするのは予想できたし、言葉どおりに敦彦を独占したとしても、絡み合う痴態を見物されてしまうのは必須である。この場にいる全員が自分達のことだけに集中してくれていたらいいのだが、他人の房事《ぼうじ》を覗き見ることに熱心な輩《やから》もかなりいる。

うんざりした気持ちと同時に、じんわりと危機感が強くなってきた。逃げなければ、と思い至ったのは少しばかり遅すぎたのかもしれない。内扉を開けたときに、背中を向けて引き返すべきだった。否《いな》、そもそもこんな男の誘いになど乗らなければよかったのだ。

敦彦だとて、ベッド以外の場所でセックスしたこともあるし、相手は必ず一人だったとは言わない。が、それはもっとこじんまりとした個人的な集まりで、少なくとも全員が顔見知りだったし、酒が入り過ぎた上でのちょっとしたご乱行のようなものだった。

そのため、料理好きの飲み仲間が開いたささやかなホームパーティーのゲストとホストの間では、その出来事はなかったことになっている。飲み過ぎたせいで、羽目を外し過ぎただけだと、全員が暗黙のうちに了解していたからだ。

だが、ここにいるやつらは違う。

ソファに腰をおろした途端にキスされ、シャツをまくり上げられて乳首を指先で弄《もてあそ》ばれた。そうされるのは嫌いではなかったが、気が乗らないので不快なだけだった。石田の手が下がって来て、ズボンの上から股間を揉《も》みしだくようにされると、頭の中で警報が鳴り響いた。これが我慢の限界だった。

「ちょっと失礼」

強すぎない絶妙の力加減で石田の身体を押し返すと、化粧室に言ってくるよと小声で告げた。

少しだけ意味ありげに微笑んで見せると、なにやら勝手に妄想してくれたようだ。腹立たしいが、ありがたい、と敦彦は密かに思った。

はやる気持ちを抑えて、できるだけゆっくり席を立つ。化粧室の表示は見当たらないが、その手の場所は裏手か奥だと相場《そうば》が決まっている。反対側に奥へ続く通路を見つけた敦彦は、当たりをつけてそちらの方へと歩いて行った。

途中で幾度か声がかかったり、腕を掴まれたりしたが、聞こえないふりをするか、やんわり振り解いて事なきを得る。

狭い通路に入ると、案の定、壁際で折り重なるようにして蠢《うごめ》いている人影があった。二人ともあたり憚《はばか》らぬ様子で没頭《ぼっとう》しているようだ。足早に二人の横を通り過ぎた敦彦は、ようやく目的の場所を見つけた。

通路の途中にやはり化粧室があって、もっと幸いなことに突き当たりには非常口の表示があった。

ほっと安堵《あんど》したとき、トイレから出てくる男と鉢合《はちあ》わせする格好になる。まともに顔を突き合わせる形になったのだが、互いに相手を視認した瞬間、棒立ちになった。

時間が止まったかのように硬直した敦彦より、相手の方が数段早く立ち直ったらしく、表情の強張りも見せずに声をかけてくる。

「こんなところで、三郷に会うとは奇遇も極まれり、だな…」

声には硬さもなかった。飄々《ひょうひょう》としているかと思えば、実はかなり図太い、という評判もある久永耀一とは、高杉の壮行会以来の邂逅《かいこう》だった。

上背《うわぜい》があって見栄えのする容姿の久永は、合コンなどでモテそうなタイプで、女に不自由はしていなさそうだと同期の誰かが言っていた記憶もある。そんな男が、女に興味がないなんて予想だにしていなかったのだ。こんな場所で出会うなんて思いもしない相手であった。

「本当に…」

そう返した敦彦の声には苦さが滲み出てしまい、決してこの偶然を喜んでいるわけではないのだと、あからさまに相手に伝えてしまうことになった。想像もしていなかった展開に、敦彦は感情に蓋《ふた》をすることも、外面を取り繕《つくろ》うこともできなかったのである。が、久永の方はまるで意に介していない様子だった。

「おまえが、そういう趣味だとは思わなかった」

いきなりおまえ呼ばわりかよ、と内心で毒づきながらも、さすがに、それを顔や声に出すことはせず、敦彦は、しれっとした態度を装った。

「お互い様だろ」

こんな所で鉢合わせしたのだから、今さら何を言うのか、と嘲《あざけ》ったつもりだったのだが、久永の言う〝趣味〟とは、敦彦が指すそれとは違ったらしい。

「いや、俺にはそっちの趣味はないぞ」

「ここに来てて、今さらノンケだなんて言うつもりか」

嗤《わら》った敦彦に向かって、久永が眉をひそめて見せた。

「そう意味で言ったんじゃないんだが…」

じゃあ、なんなんだ、と言おうとしたとき、聞きたくもない声を耳の端が捕えてしまった。痺《しび》れを切らした石田が、敦彦を探しに来たらしい。

慌てる敦彦を目の前にして何かを察したらしい久永に、腕をとって化粧室へと引きずり込まれる。そこでも、あられもない格好で睦《むつ》み合っている男達の塊《かたまり》が幾つも見えた。

声を出すと外にいる石田に気付かれてしまいそうで、「離せ」と口に出して言えなかったが、振りほどこうとはした。が、強引に掃除用具入れに押し込まれる。唇《くちびる》の前に指を一本立てる仕種《しぐさ》で静かにするように、と促され、石田に掴まりたくない敦彦は大人しく従うしかなかった。

と、化粧室のドアが開く音がして、話声《はなしごえ》が聞こえてくる。

「珍しいな、こういうのに顔を出すなんて。アンタの好みじゃないだろう？」

まぁね、と応じる声は、紛れもなく石田のものだった。どうやら知人に行き会ったらしい。一緒にトイレに来るなんて、女子高生かよ、と敦彦は益々苦々しく思った。

「俺には物足りないしつまらないけど、仕方がない。――――連れが、まだ不慣れなんでね」

ああ、と意味ありげに相槌《あいづち》を打つ気配がする。

「確かに。今日の彼は、アンタのカワイイ奴隷《どれい》ちゃん達とは、だいぶ違うな」

「これから躾《しつ》けるところなんだ。まずは、ちょっとした小手調《こてしら》べってところかな」

ふふふと笑う石田の声音に、敦彦はぞっと背中をそそけ立たせた。

そういう思惑か、と思いがけずに石田という男の裏の顔を知ることになり、腹が立つと同時に少しばかりほっともしていた。やはり自分の中の警報器は鈍っていなかったらしい。このままうかうかと口車《くちぐるま》に乗せられ続けていたら、とんでもない目にあわされていたに違いない。

化粧室に行くと席を立った敦彦を捜しに来たくせに、自分の意図をべらべらしゃべるのもどうかと思うが、知られたところで、もう逃げられないとでも思っているのだろう。

が、化粧室に敦彦の姿がないとわかると、不機嫌そうに「どこに行ったんだ」と吐き捨てた。それを顔見知りらしい男が、まぁまぁと宥めている。

「もうフロアの方に戻ってるんじゃないか。それに、次のパーティーの生贄役《いけにえやく》が来てるの、知ってるか？　アンタの好きそうな感じだぜ」

「そうか、それなら……」

何やら話し合っている声がしているが、せわしない息遣いや喘ぎ声に交じってしまい、内容までは聞き取れない。それでも、石田が連れと一緒に出て行ったのはわかった。

その瞬間、強張らせていた敦彦の身体から力が抜けた。

先に用具室を出た久永の後にそのまま続こうとすると、掌《てのひら》を向けて無言のまま押しとどめられる。思いがけない危機を脱して虚脱気味になっていたこともあって、指図《さしず》されるままにその場にとどまっていたら、少しして手招きをされた。

どうやらほっとして気が抜けてしまった敦彦の気配が伝わったのか、用心して外の様子を窺《うかが》ってきてくれたようだった。

化粧室を出ると、絡み合う男達を避けながらフロアとは反対の方へと敦彦を導いていく。非常口に着くと、黙ってドアを開けてくれた。そのまま送りだされるかと思いきや、敦彦に続いて外に出てくる。

久永の背後で、バタンと鋼鉄の扉が鈍い音を立てて閉まった。

このままスルーで終わるわけがない…。

動揺はまだ完全には敦彦の中から去っておらず、口が裂けても平常心といえる状態ではなかったけれど、今ぶちまけてしまった方がかえっていいかもしれない、とも思った。悶々《もんもん》とあれこれ考え込まずに済む。

知っている店がある、と久永が言い、そこでいいと敦彦も応じた。同類が集まる店か、そうでなければ他人に話を聞かれずに済む設《しつら》えになっているところなのは間違いない。

こういうとき、同じような立場だと余計な気を回さなくていいから楽だな、とあらためて思う。

職種によっては己の性癖《せいへき》を大っぴらにしても差支えない人間もいるが、その手の知人達は、得てして他人の耳目《じもく》を憚ることを忘れがちなのである。知人のバー経営者などは、興が乗ると店中に響き渡るような声でしゃべり続けるため、そこに居合わせた全員が話の内容を完全に理解してしまえるくらいだ。

敦彦にとってはセクシャリティの話題は重大な問題であり、まだ気心の知れていない相手に易々《やすやす》と話せるようなことではない。根掘り葉掘り聞かれるのは火を見るよりも明らかだったから、そこらの居酒屋に入るのは絶対に避けたかった。そのため久永の配慮には、ほんの少しは、などと自分では思いつつ、実のところ大いに安堵したのだった。

隣を歩く、自分よりやや薄い肩をかなり意識しながら、耀一は、なおこの状況が信じがたいもののように感じられてならなかった。

今自分と並んで歩いているのは、本当に三郷敦彦なのだろうか…？

耀一があの店に行ったのは、古い付き合いの飲み仲間の一人からたまたま誘われたからだ。いくら「今日はただの乱交パーティーだから」と言われたところで、いつもなら行こうという気にはならなかったはずだから、ある意味奇跡的な偶然ではある。

もっともその古馴染とは、たとえ人類が滅びて地球上で最後の二人の男になってしまっても寝る気にはなれない、という間柄だったから、店に入った時点で完全に別行動だったのだが。

このところ退屈していたのは否定しない。そのあたりは飲み仲間うちでは知れていたらしく、今日のことも気を使われてのお誘いではあったのだ。

お互いに完全に身体だけの関係だと認め合っていた相手が、つい最近恋人とやらをつくってしまったのも原因かもしれない。飢《う》えていたとまでは言わないが、掘り出し物的な出会いでもあれば儲《もう》けものだとは思っていた。好みのタイプで、軽く押せばすぐに下着まで下ろしてくれそうな相手が見つかればラッキー、くらいに。

だが、見つけたのは、超特級の掘り出し物だが、とても軽く押せそうな相手ではない。

耀一の知っている三郷敦彦は、修習同期のなかでも頭一つ抜きんでた出世頭だった。現役で最高学府に入学し、修習考査に至るまで一つとしてつまずきがない、まさに非の打ちどころのないエリートだ。その上、国内最大手の事務所に勤務ときている。その事務所は、弁護士会の手前、形だけ募集広告を出すものの、実際には中堅弁護士が出身校の教授の伝《つ》手《て》などを手繰《たぐ》って、優秀な学生の青田買《あおたが》いをすることで知られていた。

聞いた噂だと、修習中に教官からリクルートもされていたらしい。耀一も、同じ弁護士の伯父を経由して任官試験を受けてみないかと誘いがあったが、やはり断っていた。現役の裁判官や検察官が教官を務める研修中に、これと見込んだ優秀な修習生に任官試験を受けるよう促すのだ。三郷もそれを蹴って弁護士になったということだろう。ふた昔くらい前ならともかく、今では自由がきいて給料もいい弁護士を希望する者の方が多かったから、教官達も苦労しているとか…。

その上、三郷はちょっと見惚《みほ》れてしまうほど整った顔立ちをしていた。同期の女性達の間では密かにアイドル扱いされていたのだが、本人は陰で浮かれる女性達には目もくれず、目標に向かってひたすら邁進《まいしん》するのみといったストイックな雰囲気を醸し出していた。そのせいか、何度かあった同期会の席でも、抜け駆けする勇気を出した肉食女性は一人もいなかった。

得てしてプライドの高い女性達ばかりだから、玉砕《ぎょくさい》を織り込み済みで突撃するほど捨て身にはなれなかったのだろう。

女の影がないからといって、耀一が今まで三郷を同類だと疑ったことはない。一瞬たりともなかった。

ただ容姿は疑いようもなく耀一の好みだった。ストライクゾーンのど真ん中だと言ってもいいくらいに、もろにタイプなのである。だから、視界にその姿が入ることがあれば、不自然にならない程度には眺めていた。見咎《みとが》められる危険がないとわかっていたら、視姦するように眺めまわしていたことだろう。あいにく、そうした機会はいまだに訪れていない。

ついさっき、狭い用具室のなかで、モップやデッキブラシに囲まれながら、背後から抱きしめる格好になってしまったのは意図してのことではなく、不可抗力だと断言できるが、節操なしの下半身が反応しないでくれたのは奇跡だとしか言いようがなかった。実際、あの変態野郎がトイレでもう少しグズグズしていたら危なかっただろう。

柔らかそうな髪からは仄《ほの》かにシトラスの香りがした。シャンプーなのだろうが、いやただのシャンプーに決まっているのだが、それが鼻腔《びこう》を掠《かす》めた途端、グッと来てしまったのである。脳天を直撃された、と言ったら大袈裟かもしれないが、実際そんなふうに感じてしまった。

華奢《きゃしゃ》とまでは言わないが、掌に余りそうな肩を指先に感じ、すんなりした首筋のラインを目にしてしまったら、食らいつきたいような衝動に駆られていた。そこに歯を立てて、痛がったら舌でゆっくり宥めてやりたい。そんな妄想がすごい勢いで脳裏を駆け抜けた。

よくもまあ耐えたものだ、と我ながら感心する。

もう少し酒が入っていたら、すぐにでも押し倒してしまいたい気持ちを必死で隠しながら、いくらもしないうちに結局は隠しきれなくなり、裸に剥いて身体中余すところなく舐めまわしていた、と断言できる。それくらい、強烈な欲が瞬間的に突き抜けて行ったのだ。

ヤバイな、と耀一は思った。マズイな、とも…。

こういう衝動的で突き抜けたような欲望を感じたのは、本当に久しぶりで、それこそ半ば忘れた感覚だった。

最初は中学生のころ。ふとした切っ掛けで、クラスでも仲が良かった少年の泣き顔を見てしまったときである。それまでおぼろに、自分は異性には性的興味が持てないような気がしていたのだが、そのときはっきりと自覚したのだ。同性にしか欲情できないということを。

もちろん、クラスメイトとはどうにもならず、卒業するまでごく普通の同級生として過ごした。成人式の祝いを兼ねた同窓会をやったときに再会したが、そのときのような欲情を抱くことはなかったのをはっきりと覚えている。

それっきり、その手の感覚を味わったことはなかった。ついさっきまでは…。

本音を言えば、ホテルへ、いや自宅へ連れて帰ってすぐさまベッドに引っ張り込みたいが、さすがに無理だということは分かっている。

いつもならば、あの手の場所で行き合った相手に遠慮などはしない。

寝たければはっきりそう言って誘うのが常だ。男同士なのだから、回りくどい駆け引きは不要だと思ってきた。理由はただ面倒だからである。

今まで耀一にとって、男は二種類しかいなかった。寝たいか、寝たくないか、である。

この場で裸に剥いてしまいたいくらいやりたいのに、グッと我慢するなど、耀一の所業《しょぎょう》の数々を知っているやつらが知ったら、唖然《あぜん》とするに違いない。何の冗談だと腹を抱えて笑うかもしれない。

とにもかくにも、耀一が常ならざる状況にいるのは明らかで、しかも自ら進んで深みにはまっていくことを選んでいるのは否定しようがなかった。

とりあえずセックスできなくてもいい、と耀一は無意識のうちに結論付けていた。とにかく、もっと親しくなりたい。なんでも腹を割って話せる間柄になって、三郷に自分と寝たいと思ってもらえたら完璧だが、そこまで行くのにはちょっとばかり時間がかかるかもしれない。時間をかけても、空振《からぶ》りで終わるかもしれないが、なにもしないで指を咥《くわ》えているだけ、というのはどういうわけか選択肢にまるでなかった。

久永に案内されたのは、雑居ビルの最上階にあるバーだった。きちんと店名の『CRACK』というプレートがドアに取り付けてあるものの、そのわきに「会員制」の文字が貼られてあった。

久永によれば、実際は会員制などではないのだが、一般客が紛れ込まないようにするための自衛策なのだという。広い意味で会員制と言えなくもないかな、と苦笑した久永は、テーブル席につくなり、ズバリ問いかけてきた。

「石田と付き合ってるわけじゃないんだよな?」

「あの状態で、そんなふうに見えてるんだったら、妄想もいいとこなんじゃないの。ありえないだろ。だいたい、俺には奴隷願望なんてない」

敦彦が言うと、だろうな、と久永が呟いた。あらためて聞いてきたのは、ただ確認したかったからだろう。カップル間の痴話《ちわ》げんかに余計なお節介《せっかい》をしたわけじゃない、とわかって安心したのなら幸いだ。

「そっちこそ、なんであいつのこと知ってるんだよ」

「簡単な危機管理ってとこかな。ああいうたぐいの人間には関わり合いになりたくないからさ、知っておいた方が安全だろ。奴隷候補になんぞされたかないからな。石田と、あとから来た深山《みやま》っていうのは、そっちの方面じゃかなり知られてるんだよ」

「俺は全然知らなかった！」

思い出すだに吐き気がする、と敦彦があからさまに顔を歪《ゆが》めるのを見て、だよなぁと久永が笑う。

「どっちかっていうと、女王様だよな、三郷は」

誰が女王様だ！　と突っ込みたくなったが、奴隷よりはマシなので否定はしない。

「で、なんで石田と関わり合いになったわけ？　おまえの周りのやつら、石田がどういう奴か誰も知らなかったのかよ」

「さぁね。たまにしかいかない店で久しぶりに会ったんだよ。前からしつこかったけど、つい根負けしたっていうか。断るのが面倒になったっていうか。あの店を覗いてみたかったっていうのもあったし」

久永がくすりと笑った。

「今日があの程度の内容でよかったな。確か次の週末は石田や深山が大好きなイベントをやるはずだ」

「そういえば、生贄がどうとかって…」

「そっ、あいつらが大好きなお遊び、っていうかゲームかな。まぁ、俺は話に聞いただけで、見たことはないけど」

かなりえげつなく卑猥《ひわい》なことを衆人環視《しゅうじんかんし》のなかでやるらしい、と聞かされて、敦彦は微かに頭痛を覚えたくらいである。

「サイテー」

吐き捨てるように言った罵倒《ばとう》は、ちょっと女子高生のような言い回しになってしまった。

「まっ、好き好きだからな」

「同好の士だけで楽しんで頂けるなら何しようと俺だって全然、全く構わないけど、矛先をこっちに向けないでほしいよ」

「上手《うま》く引っ掛けようとしたんだろうけどな…」

久永が苦笑しながら、アホはほっとけ、と続けた。

「なんにしろ、今日は本当に助かったよ」

敦彦は心から礼を言った。久永がいなかったら、どうなっていたか考えるのも嫌だと言うと、気にしないでくれと返された。

「同僚のよしみだからな。貸しにはカウントしないでおいてやるよ」

「同僚？」

聞き間違えたかと思って鸚鵡《おうむ》返《がえ》しにすると、そうだ、と久永が頷いた。

「聞いてないか？　俺、来週から一年だけ、国松に移籍することになってるんだけど」

「あ、交換なんとかっていう、あれ？」

「そう、その〝交換なんとか〟っていう、それ」

「俺は真面目に言ってるんだけど？」

敦彦が剣呑な顔つきになると、悪い悪い、と軽いノリだが謝罪はされた。

「交換研修で、うちの事務所からは俺がおまえのとこに修業に行って、そっちからも一人、うちで預かることになってる。俺はともかく、おまえのところは、体のいいリストラだろ」

「よく知ってるな」

向井から聞かされた交換研修の話は、密かに所内に広がり、今では周知の事実になっている。どこの事務所から誰が来るのかはもちろん、誰が外へ出されるのかもいまだに正式に発表はされていない。

向井は近野を予想していたが、他にも候補は数人いて、事務局では対象者をめぐってトトカルチョまでやっているという噂まである。

「うちみたいな事務所だと、独立するとき大変なんだよ。自前の顧問先を持ってればなんとかなるけど…」

「自分で顧問先持ってるようなヤツは、独立させないだろ」

「まぁね、そうなんだけどね…」

溜息をついた敦彦の顔を久永が探るように覗き込んでくる。

「なに？」

「まさか、おまえじゃないよな。俺と入れ替わるの」

「違う！　――――と思う。少なくとも、俺は所長から何も聞かされてない。ってか、来年あたり留学しないか、とか言われたし」

「ああ、それだったらおまえじゃないな」

よかった、と久永は少し笑みを見せた。

「いや、俺らと同期で、おまえと同じ大学のやつだって聞いてたから、まさかないだろうとは思ってたけど、ちょっと心配してた」

一緒に仕事してみたかったからな、と言われて、敦彦は頬がじんわりと熱くなるのを感じた。

「修習トップの三郷君と高杉繋がりなんて、ちょっと奇遇っていうか、運命感じるしな」

運命だなんて、口説《くど》いている訳でもないだろうに、そういうことをさらっと言えるやつなんだ、と呆れもしたが、率直な言葉は面映《おもは》ゆくもあった。それを隠すために、少しばかりつっけんどんな物言いになる。

「大袈裟だな。――まぁ、確かに俺も、世の中狭いとは思ったけど……」

「だろ？」

久永が嬉しそうに見えるのは、なにか特別な感情があってのことではないんだと敦彦は自分を戒《いまし》める。そうしないと、自惚《うぬぼ》れてしまいそうな笑みだったのだ。

共通の友人がいるとわかれば、誰だって垣根がちょっと低くなったように感じる。一年だけとはいえ、新たな職場に知人がいれば、多少心強くもあるだろう。

そう。それだけのことだ。

「来週からよろしくな」

「こっちこそ」

お互いに軽く頭を下げ合っていたら、周囲から奇異の視線が向けられた。

「あ、なんか、目立ってるか。変だったかもな」

まいったな、と苦笑する久永につられたように敦彦も口元を緩めていた。


「あ〜ら、しばらくぶりじゃない。店の場所、忘れちゃったのかと思ってたわよ」

店のドアを開けた途端、腕組みをした痩身《そうしん》の男がちろりと流した視線と、らしい嫌味で出迎えてくれた。

いわゆる二丁目からは少しはずれたビルの三階にある『グレイ』は、学生時代から密かに通う敦彦の隠れ家である。

オーナーである、性別男、年齢不詳《ふしょう》、本名非公開、通称ケイちゃん、が一人でやっているカウンターだけの小さいバーには、顔馴染みの常連客か、常連客の連れしか来ない。

少しばかり痩《や》せぎすではあるものの、なかなか個性的なご面相のケイちゃんは、黙っていればそれなりにイイ男なのだが、口を開くとバリバリのオネエであった。

しかも、なかなかの毒舌家で、本人曰《いわ》く「アタシが毒を吐くのは、空気を吸うのとおんなじよ。マグロの回遊《かいゆう》と一緒。止めたら死んじゃうの。生きていけないの」だそうだが、言葉のそこここに愛が見え隠れしているので、彼を慕って通い続ける常連は少なくない。

もちろん、敦彦もその一人である。

「ちょっと忙しかったんだよ」

言い訳をしながらカウンターの隅に座ると、ケイちゃんがお通しの小皿を置いた。今日は、豆もやしの明太子和《あ》え。敦彦の好きな一品である。

「あら、じゃあ、大儲け？　一山当ててガッポリボロ儲け？」

客同士の間では、長く通ううちに何となく「ああ、あの人は銀行員なんだな」などと察することはあるものの、名前も職業も教えられない限りは、聞かない、探らないのが暗黙のルールであったが、店主のケイちゃんだけは別であった。

常連客の全員、そうでない客でも三回ほど通えば、素性《すじょう》はケイちゃんに知れてしまう、という都市伝説めいた噂があり、事実、敦彦が弁護士であることも知られている。だからといって、何かを頼まれることもない。公私混同されたい人間と、そうでない人間を、ケイちゃんは明確に嗅ぎ分けることができる嗅覚《きゅうかく》をもっているらしい。隠してたってアタシには匂いでわかるの、と言っていたこともあるくらいだ。

そういう距離感と、時折過剰《かじょう》とも思える構われ方が、敦彦には妙なほど居心地良く感じられるせいで、何かというと通っては、ケイちゃんの毒舌を浴びる羽目になる。

「残念ながら、貧乏暇《ひま》なし、ってやつ」

「あら〜、ざんね〜ん。たまにはガッツリ儲けて、ドンペリタワーくらいやってよね〜。しばらくご無沙汰《ぶさた》だから、見てみたいわぁ。バブルの化石《かせき》ぃ〜」

などと茶化《ちゃか》しながらも、どう踏んでも三十代後半としか思えない見た目よりはだいぶ人生のツワモノであるケイちゃんは、じとっと敦彦の顔を見つめてきた。

「アンタ、――――なにかあったんじゃなぁ〜い？」

「上から見こまれちゃって山ほど仕事を振られるもんだから、いっぱい、いっぱいいってのがモロ顔に出てるのかも」

「もっと色気のある話をしなさいって言ってんのよ」

やぁねぇこの子は、などと呟きながら、ケイちゃんは咥えていた禁煙用のタバコもどきを指の間に挟んだ。喫煙者は生きにくい世の中よね、と文句を言う反面で、オカマも健康には気をつけなきゃね、と呟いていたのを敦彦は覚えている。面倒を見てくれる子供もいないんだから丈夫《じょうぶ》な老人でいないと、というケイちゃんの言葉は、その場にいた同好の士全員を頷かせるくらい、深くしみた。

「例の、セックスが下手なリーマンから、また何か言ってきたんじゃないの？　ああいうのって、粘着なタイプだもの」

「そっちは大丈夫。すっぱり切った」

「アンタ……」

相変わらず余韻《よいん》ってもんがないわよね、とケイちゃんが嫌そうな顔をした。

敦彦は、恋愛に関する限り、過去を引きずったためしがない。たとえ半同棲するほどに濃密な関係だったとしても、別れるとなったらきっぱり思いきる。復縁を迫られたら、それこそ平然と一蹴《いっしゅう》するような真似をする。

常から、ケイちゃんには「もっと恋の残り香ってもんを楽しみなさいよ」と呆れられるほどに、その辺りの迷いや悩みはない。未練がましい相手からしつこくされて、辟易《へきえき》することはあるが、別れ話の翌晩に、元恋人が他の男とホテルに入って行くのを見てしまったとしても、何の感慨も覚えないくらいに、こういったことに関してはドライなのだった。

心が乙女だと豪語《ごうご》する輩でなくとも、世界から疎外《そがい》されている感が否めない敦彦のような男達は、仲間を見つけると、つい日頃の鬱憤《うっぷん》を晴らしてしまうことが多い。女性を笑えないほど、内輪《うちわ》の恋バナで盛り上がることも少なくない。が、敦彦はそういうこととも無縁だった。人の話――主には悩み――は聞く。それこそ親身だと思われるくらいに話を聞くし、求められれば助言もする。

それなのに、自分のことは、ケイちゃん以外には話したことがない。その場にいる大勢に対して、「聞いてくれよ～」と情けない声で愚痴りたいとは思えなかった。今までは……。

ケイちゃんは、「プライドが高いっていうんじゃないのよね。気を許すのに、めっちゃ時間がかかるもんね、アンタは」と言って理解を示してくれているが、常連客の中には、敦彦のことを手のつけられない堅物《かたぶつ》だと思っている者もいた。

だから、我ながら不思議なのだ。持て余しているこの感情を、吐露《とろ》したくなっていることに、慣れない。

「じゃあ、あれだ、新しい恋だ」

口を挟んできたのは、一つ置いた席に座っていた顔馴染みである。ケイちゃんからは『マコトくん』と呼ばれている若い男で、代官山《だいかんやま》で美容師をやっているという。ケイちゃんをはじめ、グレイの客の幾人かはマコトの顧客であるらしい。腕はいいらしく、「アンタもマコトくんにカットしてもらいなさいよ」と何度か言われたことがあった。

随分前に、あからさまに「寝てみたい」とアプローチされたことがあったが、当時決まった相手がいたため丁重《ていちょう》にお断りしたことがある。が、マコトは嫌な顔も見せなかったし、その後の態度も全く変わらなかった。ケイちゃんからは、「イイ子」と評されている。

「いや、別にそういうわけじゃ…」

敦彦は曖昧《あいまい》に誤魔化《ごまか》したのだが、何を勘違いしたのか、おお！　と声を上げる。顔は満面の笑みで、目がきらきら輝いている様子をみると、過去に袖《そで》にされた相手が新しい恋に落ちたと思い込んで心から喜んでいるようだ。それを見て、本当にいいヤツなんだ、と実感した。が、ケイちゃんから「気付くのが遅い！」と一発叩かれそうなので口には出さない。

「そうね、その顔つきじゃ、新しい男ができたっていうより、新しい獲物《えもの》発見、ってとこかしら？」

獲物って…、と敦彦が絶句すると、ケイちゃんは、あらそうでしょ、とにんまり笑った。

「確かにアンタは肉食男子ってわけじゃないけど、毎回ターゲットは決めるじゃないの」

手当たり次第に相手構わず寝るのではなく、決まった相手とそれなりに付き合うのが敦彦のいつものパターンだと指摘されれば、そのとおりである。

「相手、どういう人？　どこで知り合ったの？　なんで、付き合うことになったの？」

マコトが興味津々で聞いて来るのに、敦彦は慌てて手を振って否定した。

「付き合ってるわけじゃない。ただちょっと、気になるっていうか、それだけだし…」

「珍しいじゃないの、アンタにしては」

向こうから誘ってくるのに応じているだけで、嫌いではないものの相手に好意を持っている訳じゃないでしょ、とケイちゃんがズバリ指摘してくる。

「それがまぁ、ちょっとでも気になるような男ができたなんて、アンタにしちゃ上出来よ。そんな若い身空《みそら》で、このまま枯れてったらどうしようかと思ってたもの」

「もったいないよねぇ」

俺なんかクールビューティーを愛するために生まれてきたようなもんなのに、とマコトがにこっとする。ふざけたセリフだが、真剣に言っているらしい。

「そんなんじゃないって」

否定すればするほど泥沼《どろぬま》にはまるとわかっていながら、違うと言い張った。

違う、違う、違う。俺は、久永に惚れてるわけじゃない。いろいろあったから、ちょっと気になるだけだ。敦彦は、自分に何度も言い訳をしてきた。

「で、どういうヤツなのよ。まさかノンケじゃないでしょうね」

「違うけど…」

そこそこ聞き出すまで、ケイちゃんは敦彦を解放するつもりはないだろう。店から出してもらえないかもしれない。

「ホント、まだそういうんじゃないんだって…」

しつこく否定するのは、自分に言い聞かせるためかも知れない。

なにせ、今は同僚なのである。

久永が国松&パートナーズに一年の期間限定で移籍してきたのは、つい一ヶ月ほど前のことだ。

久永総合法律事務所との交換研修制度がめでたく成立し、近野が修業に出され、代わりに久永が修業にやってきたのである。

敦彦と同期の若手弁護士で名門私大出身もさることながら、とにかくカッコイイ先生が来たと事務局ではちょっとした騒ぎになった。おまけにそこその規模の事務所経営者の息子である。あわよくば弁護士の妻の座を、と狙っている秘書嬢達が色めき立つのも無理はない。

国松&パートナーズにも若手で見た目も悪くない弁護士は敦彦を含め何人もいたが、女性秘書から弁護士を誘うことはご法度《はっと》という内部協定が存在するせいで、玉《たま》の輿《こし》に乗るための積極行動はできなかったのだ。が、いわば期間限定のお預かりものなら話は別だと思ったようで、肉食女子は大いに刺激されることとなった。

女性には全く興味がない久永だったが、事務局を敵に回すことの危険さは十二分に承知しているらしく、実に如才《じょさい》なくお誘い攻撃をかわしていた。

それも一時のことで、お局《つぼね》秘書から注進された所長が、大事な預かりものに傷がついてはマズイと判断して内々に通達したらしく、最近ではすっかり騒ぎは収まっている。もっとも、いくら誘っても体よく断られるので、あきらめムードではあったのだが。

浮足立っていた女性陣を尻目に、久永は頻繁に敦彦を食事に誘ってきていた。

この一月《ひとつき》で、仕事帰りに三回ほど飲みに行っている。毎日残業があり、恒常的《こうじょうてき》に午前様になることも多いなかでの三回は、頻繁だといっていいかもしれない。誘われたのはもっと多いが、時間が合ったのが三回だったというだけで、都合さえつけばもっと増えていただろう。

昼時に事務所にいれば、必ずランチは一緒になった。最初は、事務所のある辺りをよく知らないから美味《うま》い店を教えてほしいと言われ、一緒に出ていたが、今ではそれが当たり前のようになっている。

もちろん、二人きりではなく向井など先輩弁護士や、ほかの同僚が一緒の場合が多いが、二人で昼食をとったことも何度かある。

しかも、久永は近野の仕事を引き継ぐ形になったので、敦彦と同様に向井のチームになっていた。

勤務中は、もちろん仕事に集中しているが、久永と一緒でよかったと思えたことが何度もある。

できるやつだろうとは思っていたし、その予想は違わなかったが、それだけではない。久永といると楽なのだ。職場で気を緩めているというわけではない。無駄な緊張が減った、というのが実情だと思う。

みっともないところも含め、全部バレているという意識があるせいか、気負いがない。同い年の同期で、共通の友人がいるというのも大きい。

携帯に「今日、帰りにメシ食っていかない？」とメールが来れば、無意識のうちに仕事の効率を上げていた。お互い定時になどあがれはしないのは百も承知だから、まともな食いもの屋が開いているうちに事務所を出ようと思えば、いつもよりも必死になった。

同期で同じ大学出身だというのに、近野に仕事の相談をもちかけたことは一度もなかったが、久永の意見は聞きたいと思えた。起案した書面を見せあって、率直に指摘し合うのは今では恒例化している。

向井も、久永の有能さを認めているだけでなく、敦彦との意見交換の成果を感じているようで、共同で担当するように任された案件すら出ている。

弁護士になってからこの方、今が一番充実していると言っても過言《かごん》ではない、と敦彦は思っていた。

そうはいっても、気になることがないわけではない。

ケイちゃんに当てこすられたように、敦彦はこの一月というもの、二丁目に足を向けていなかった。誰かと会話したい、とか、人肌恋しいという気持ちにならなかったからである。

久永が、同僚という立場で身近にいるということが、その大きな原因だろうと、敦彦にはわかっていた。時間を作り人目を避けて、わざわざ二丁目に行かなくても話ができる相手がすぐそこにいるのだ。実際に飲みに行くのも楽しかったが、ただ久永がいてくれるということだけでも、安堵感のようなものがあった。

仲間がいる、と感じられたのだ。

が、久永は、どうなのだろう。ふとそんなことが頭に浮かんだ。

真剣に付き合っている相手はいない、とは聞いていた。例のパーティーにも、古い付き合いの友人に強引に誘われたから仕方なく付き合いで行ったのだとも言っていた。だが、あれほど見栄えのする男だ。二丁目界隈《かいわい》に行けば引く手あまただろうし、好き好んで一人寝を選んでいるのでもなければ、そういう不自由はしないはずだ。

セフレでもいるのか。どういう相手なのだろう。

一度そんな疑問が頭に浮かんだら、気になって気になって仕方がなくなってしまったのである。

他人のそんな事情なんか俺には関係ない、気にする方がアホだとわかっているが、うすぼんやりした考えを頭のど真ん中から追い払うことができなかった。

グレイを訪ねたのは、ケイちゃんの毒舌でも聞けば、そんなモヤモヤも消えてなくなるかと思ったからである。もちろん、そんな考えは甘かった。

消えてなくなるどころか、引っ張り出されて興味津々で覗きこまれている始末である。

「同じ職場ねぇ…」

ケイちゃんは、本気で驚いている顔をしていた。

「らしいんだか、らしくないんだか、わかんないけど。――まぁ、どっちかって言ったら、らしくないんでしょうねぇ」

「全然わかんない」

首を傾《かし》げたのは、敦彦だけではない。マコトもである。

「哲学的すぎてわかりませ～ん。人生の若葉マークにもわかるように説明してくださ～い」

マコトが、ケイちゃんの口癖を持ち出して言った。何かというと、「アンタたちなんて、まだ人生の若葉マークじゃないの」などと言われてしまうケツの青い二人が、揃ってカウンターの内側を見つめる。

どこが哲学じゃ、とぼやいたケイちゃんが、しようがないわねとでも言いたげな顔つきで口を開いた。

「らしいっていうのは、相手が同じ弁護士だっていうこと。アンタ、いつも自分と同じような社会的地位の相手を選ぶじゃない。それって保険よね。高学歴、高収入、職場の地位もそれなりにあれば、普通は保身に走って、万が一修羅場《しゅらば》になったときでも妙な気は起こさないとでも思ってるんでしょ。付き合う相手を選ぶ段階から、最悪の場合を想定してんのよ」

まさに図星《ずぼし》である。敦彦は、思わず顔をひきつらせてしまった。

「らしくないって言ったのは、同僚相手ってところ。期間限定とはいえ、同じ職場でしょ。何かあったとき気まずいったらないわよ。その辺のリスクを計算しない子じゃないもんね。今度という今度は、そういうことが頭の中からすっ飛んじゃってるのよね、アンタ」

リスクヘッジを忘れるくらい気になる相手だと指摘されて、ますます顔が引きつる。

「迷う暇があったら、さっさと自分から誘ってやっちゃいなさいよ。こっち側の人間なんでしょ」

「そう…だけど、さぁ」

実のところをいえば、妄想したことがないわけじゃない。ないわけじゃないが、その度に高杉の顔がちらりと浮かんで、妄想に即座に蓋がされたのだ。

もしも高杉にバレたら————。それが怖い。

それに、久永に敦彦と付き合いたいという気持ちがあるとは限らない。

ああいう場に来ていたからには決まった相手がいるとは思えないし、万一そういう相手がいたとしても、あの場に残して行くようなことはしないだろうと思えるほどには久永のことを知るようになった。

特定の相手と付き合うのが煩わしいと感じる人間かもしれない、とも思った。

ケイちゃんが言うところの、〝こっち側〟では珍しくない手合いだ。寝たくなったら、寝たい相手と寝る。ただそれだけだ、と豪語する男を、敦彦は何人も知っている。

敦彦とて、そういう割り切った付き合い方ができないというほど子供ではない。そういうのも、ありだと思う。

でも本音を言えば、ちゃんと付き合って腰を落ち着けたいし、相手にもそうしてほしい。

そんな、あれやこれやの躊躇《ちゅうちょ》を見抜いたのか、ケイちゃんがにやりと笑って言った。

「最初は、セフレでもいいじゃない」

「それはやだ」

即答すると、『あらまあ』と呆れたような声が返ってきた。

「大した独占欲だこと」

「独占欲とか、そういうの好きじゃないから」

言った端《はな》から、クールっす、カッコいいっすとマコトがアイドルを見る少女のような眼差しをぶつけてくるのが気恥ずかしい。

本音を言えば、ケイちゃんの言うとおり独占欲以外のなにものでもないからだ。俺というものがありながら、他の男に手を出そうなんて到底許されることじゃないだろうと思ってしまう。

何が俺というものが――――だよ。そもそもそういう関係じゃないし。

心の奥で本音を吐露しては自分自身に突っ込みを入れる。そしてまた、少し気を抜くと考えてしまうのだ。自分以外にも食事に誘う相手はいるのかとか、自宅やホテルに誘う相手はいるのかとか。

少し前から、こういう考えるのは無駄だとわかっていることをぐだぐだ脳裏で繰り返してばかりで、疲れることこの上ない。

「バカな子ねぇ」

敦彦の心の内など百も承知でケイちゃんが言う。

「アンタ、そんなだから肩こりが治らないのよ。たまにはカッコつけるの、おやめなさいな」

肩こりは年々ひどくなってきて、最近では時々頭痛がすることもあるくらいだ。それを、仕事のしすぎとか運動不足が原因ではなく、カッコつけすぎのせいだとケイちゃんは当てこすった。

「肩肘張り過ぎ。腰が引けてて心配し過ぎ。たまには、まるっと脱ぎ捨てて彼の腕の中に突撃してみなさいよ」

「まるっとって、マッパ？　マッパで俺を食べてって？　そんなことされてみたい～！　イテッ」

両手のこぶしを握りしめカウンターに突っ伏して身悶《みもだ》えしているマコトの後頭部を、ケイちゃんがパシッと叩いた。小気味いい音が静かな店内に響く。

「このヘタレ！」

返事をしない敦彦の後頭部も狙われた。

愛の鞭《むち》にしてはまるで痛くない絶妙の力加減で、そのくせスナップが効いているせいか派手に髪が乱れる。

そんなこと言われたって、自分からいったことなんかないし…。と喉元まで出かかった言葉を飲み込んだ。

これ以上ごちゃごちゃ言い訳すると出入り禁止にするわよ、とケイちゃんの視線が雄弁《ゆうべん》に語っていた。


「ちょっと、頼みがあるんだけど」

ブースの入り口からひょいと三郷が顔を出した。その様子が年端《としは》のいかない子供のようで、可愛く見える。にやけそうになるのを誤魔化すために、耀一は、つい軽口を叩いた。

「仕事？　プライベート？　どっちでも、できる限りのお手伝いはさせて頂きますよ」

大仰《おおぎょう》に言うと、「それじゃ遠慮なくお願いしようかな」と微笑む三郷の表情に、つい見惚れてしまう。

プライベートな話の方が嬉しいが、用件は案の定仕事のことだった。が、頼られるのが嬉しいので、腐《くさ》ることはなかった。

「引き直し計算のソフト持ってないか？」

「債務整理用のか？」

「そう、それ。エクセルで計算式組んで自分で作ろうかと思ったんだけど、思ったより面倒な感じで」

この事務所で債務整理なんか受けないだろうに、なんでなんだという疑問が浮かぶと同時に、声に出して聞いていた。

「債務整理なんか受けるんだ？　事務所の仕事じゃないだろう？　知り合いか親戚からでも頼まれたのか？　なんだったら、うちの事務所に回すか？」

紹介するぞと水を向けると、ひどく言いにくそうに「実は」と三郷に切り出される。

「クレサラ相談会で、受けることになったもんで…」

「クレサラ？　ああ、法律相談やったのか。どうせなら、当番弁護士にでもしとけばよかったのに。あれなら、大概《たいがい》一度で終わるだろ」

耀一が言うと、三郷が思わずといったふうにため息をつく。

弁護士には、必ず一つは社会奉仕活動に参加するよう弁護士会から通達がある。全く無償というわけでもないが、ほぼ手弁当に等しいような業務である。もっとも、そこから本格的な依頼に発展する場合も無きにしも非《あら》ずだが、実入りのいい案件が来ることはまずないのが現状だ。クレジットサラ金から借り入れている多重債務者向けの法律相談、略してクレサラ相談など、ほとんどボランティアのようなものだ。

　耀一自身は、何らかの容疑で警察に捕まった被疑者からの希望があれば留置場まで出向いて相談に乗るという当番弁護士に登録していて、年に数回当番が回ってきていたから三郷の事情もなんとなく、察せられた。

「接見《せっけん》に行く時間がなかなか取れないし、引き続き私選で頼まれても、俺の場合、引きうけるのはかなり無理だから、今年はこっちにしたんだ」

　そうだろうな、と耀一が半ば予想していた通りの答えが三郷から返ってくる。

　国松&パートナーズのような大手事務所の残業の凄《すさ》まじさは、ブラック企業も真っ青の滅私奉公《めっしほうこう》だと聞いていたが、実際は聞きしに勝るものだということを身をもって思い知らされている最中の耀一である。

　パートナーになれればともかくも、アソシエイトの身分では、日付が変わる前に帰宅することなどほぼ不可能だ。もちろん、この一年間、耀一はアソシエイト扱いである。

　金銭的なことだけみれば、一部上場企業に勤めるサラリーマンよりはかなり高給取りの身分ではあるけれど、終電後の帰宅が当たり前だったから、毎月のタクシー代の合計は結構な額になった。

　耀一とて、経費で落とせなかったら、一年だけとはいえ事務所の近くへの引っ越しを真剣に考えていただろう。

この事務所に勤務している弁護士の多くが、高い家賃を払ってもタクシーで2メーター以内に住んでいる理由がよくわかった。

三郷も、地下鉄で二駅、タクシーで2メーター、徒歩三十分以内のマンションに部屋を借りていると教えてくれた。給料前になったら泊めてくれと半ば冗談で言ったら、あっさり「いいよ」と言ってくれたが、含むところがないのは明白だった。いつか、そういう意味で同伴出勤してみたいが、叶う日が来るのか、先行きはまったく不透明である。

「接見は、時間が限られてるからなぁ」

警察署は二十四時間営業だが、だからといって真夜中に留置場にいる被疑者と接見させてもらえるわけではない。仕事に忙殺されて席を外すこともままならない中で、事務所を抜け出して接見に行く時間を取るのは至難《しなん》の技だろう。

「家事は？」

「離婚相談とか、ちょっと辟易気味で…」

「ああ…」

問題を抱えている人間は、えてして精神状態が不安定になるものだが、離婚問題、特に夫の浮気が原因ともなれば、感情の起伏の激しさは半端ではない場合が多い。耀一自身も、うんざりさせられることが多々あった。要は忍耐力を試されるような案件の連続なのである。ストレスを増やすのを避けたいと思ったとしても、当然だろう。

かくいう耀一も、叔父の代理という名の身代わりで家事相談会に参加した後で、どっと疲労が増したように感じた記憶は真新しい。

最近では、それくらいのことは夫婦で話し合って妥協点《だきょうてん》を探ればいいのでは？ と思うような理由で離婚、離婚と騒ぐケースも少なくなく、ちょっとでも揉めるのが面倒だというだけで弁護士に依頼してくる者もいる。

受任したとしても男女問題は特に気を使うので精神的に疲労するし、欧米と違って高額の報酬が見込めるわけでもないので、割に合う仕事とは言い難《がた》い。独立して間もなく、生活のためにどんな案件でも引き受ける気になっているのならともかく、先輩弁護士に雇われそれなりの給与をもらっている居候弁護士、いわゆるイソ弁だと、今後の独立のために経験を積んでおくという理由でもなければ、積極的にはなれないだろう。

「で、クレサラね」

「まぁ、そういうことなんだけど…。こんなに面倒だとは思ってなかった」

思わず、と言った呟きは、多分本音だろう。

「要領を飲み込んでいる事務員でもいれば、業者と電話でちょっと交渉するくらいで済むんだけどな」

「そんな事務員、うちの事務所にいると思うか？」

「いいや」

企業法務を主とする大規模事務所が、個人的な債務整理などの法律相談を請け負うことなどまずないことくらい、耀一も知っているし、実際そんな仕事をしている様子を、まだ一月かそこらの間だけだが、見たことはない。ということは、三郷は一人孤軍奮闘《こぐんふんとう》しなければならない、ということだ。

「俺が使っている計算ソフトでよければ。うちの事務所からメールで送らせるから」

さすがにこの事務所に来てまでそんなものを使うとは思いもしなかったから、用意してこなかったのだ。

「助かる」

三郷は明らかにほっとした顔つきをしていた。

「何社くらいあるんだ？」

「わかっているだけで五社。気が遠くなりそうだよ」

相当うんざりしているらしく、口元がへの字に曲がっている。その様子も可愛くて、つい含み笑いを洩らしてしまった。キスしたら、今よりももっと深い山型に歪むだろうか。

できれば、緩く開いて耀一の舌を受け入れてほしいものだが。

「それくらいじゃあ、少ない方だ。倍はないとな。大体、債務の総額だって、まだはっきりわかってないんだろ」

「ご明察…」

笑われても、三郷は嫌がる気配が全くなかった。

「破産するにしたって費用はかかるからな。経済状態によっては法律扶助《ふじょ》も下りなかないが、過払い金が返ってくるにこしたことはないし」

耀一が言うと、だよなぁ、と応じる三郷の声が耳をくすぐった。

「破産申し立てて免責取って、ハイお終《しま》い、だったら楽だろうけど、依頼者のこれからのことを考えると、少しでも生活資金を確保したいよなぁ…」

真摯《しんし》な声音に、耀一は握った手にきゅっと力が入ってしまった。ああ、こいつはなるべくして弁護士になったんだ、という思いが湧き起こる。

大手事務所で日々大企業を顧客に仕事をしていても、三郷が市井《しせい》の人々の役に立とうという基本姿勢を失っていないことに、密かに感動していた。

話のついでだからさっそく、と言って、耀一はその場で古巣《ふるす》に電話をかけた。

「弁護士の久永耀一です」

『あら、耀一先生。お疲れ様です。武者修行は順調にいってます？』

「まぁまぁかな」

やること多くて大変なんだ、とぼやくと、ベテラン秘書の桜田《さくらだ》は、受話器の向こうでふふふと笑っている。

国松&パートナーズといえば、国内では五指に入る大規模事務所である。それなりの数の弁護士を抱えているとはいえ、家事相談から債務整理までなんでも請け負う中規模の同族経営事務所とは、業務上繋がりを持つことはほぼないと言っても過言ではない。ベテラン秘書とはいえ、どんな様子か気になるのだろう。

「悪いけど、引き直し計算のソフト、メールで送ってくれないかな」

『お安いご用ですよ』

すぐに添付《てんぷ》ファイルで送ります、と言って桜田は電話を切った。

三郷の方に向き直ると、笑いたいのを我慢しているような顔にぶつかる。

「毎回、フルネームを名乗ってるのか？」

「うちに、久永っていう弁護士がたくさんいるから。どの久永だか取り違えるのを避ける用心のためだよ」

「なるほど…」

三郷はいかにも真面目そうに相槌を打っているものの、口元は今にも笑み崩れそうになっており、耀一の前で見る見る喉が震え出した。耳をくすぐるその微かな笑い声は、存外心地よく耀一の耳に響いてくる。その上、抱きしめた腕の中でこの声を聞いたらどんなだろうかなどと些細《ささい》な妄想が頭をかすめただけで、危うく反応しそうになった。

タイミング良く桜田からのメールが届いた着信音が鳴って、不埒《ふらち》な失態《しったい》を犯さずに済む。

「おまえの方に転送しておくから」

「ありがと、助かる」

片手をひらひら振って自分のブースへと戻っていく後姿を、耀一は見えなくなるまで目で追ってしまっていた。

「帰り、飯食って行こうぜ」

向井に指示されていた契約書の案文を届けがてらブースを覗くと、凄まじい勢いでキーボードを叩いていた三郷が手を止めて視線をくれる。

「ちょっと待てる？　これあがったら、多分帰れそうだから」

「大丈夫。俺もすぐに出られるわけじゃない」

ちらりと時計を見た三郷が、九時前には出られるかなと呟いた。

「今週に入ってから、一番早いかも。しかも、金曜なのに」

奇跡だ、と他愛なく喜んでいる様子を眺めている耀一を、不審に思ったのか、「大丈夫か？」と眉をひそめられてしまった。

咄嗟《とっさ》に誤魔化そうと、どうでもいいことを口にする。

「いや、つくづく俺はぬるま湯で育ってきたんだなって思ってさ」

自慢ともとれるような台詞《せりふ》は、だが現実だ。隠居した祖父はもちろん、経営者である父やそれを支える叔父たちまでもが、なにかにつけ耀一の味方をする。一人年の離れた末の息子を溺愛《できあい》する父につられているのか、幼いころからの庇護《ひご》が習い性になっているのか、それぞれに結婚して子供もいるのに、その姿勢はたいして変わらない。

姉がスパルタ式でなかったら、手のつけられない木偶《でく》の棒《ぼう》に成り下がっていただろうことは想像に難くない。

「お坊ちゃまはこれだから」

笑いながらの嫌味には何の辛辣さもない。

「ああ、お坊ちゃまだとも。お坊ちゃまが店を見つくろっておきますとも」

そう言うと、ぷっと三郷が吹き出した。その顔が、もう本当に可愛いと耀一は思う。

「先に出てくれててもいいよ。後から追いかけるし」

「じゃあ、場所、メールしとく」

「あ、俺、和食希望で」

よろしく、と手を振る指先を目の端の止めつつ、耀一は自分のブースに戻る。

最後の雑用をさっさと片付けて、三郷と二人、差しつ差されつでゆっくりやりたい。そう思いながら、耀一もまた親の敵《かたき》のような勢いでキーボードを叩きはじめていた。

「今日はご機嫌ですね。うちでお待ち合わせなんて、はじめてなんじゃありません?」

足繁《あししげ》く通う店の仲居にそう言われたとき、耀一はつい表情を引き締めてしまった。そんなに嬉しそうにしていたつもりはないが、他人に指摘されるほど思わず顔に出てしまっていたのかと焦《あせ》ったのだ。

そもそも、あとから一人来ると説明したのは耀一だったのだから、顔に出るも何もあった訳ではない。一緒に飯を食うのはこれが初めてというわけでもあるまいに、どれほど舞い上がっているのかと思うと、少しばかり自分が情けなくなった。

繁華街からは少し外れている上に、大通りからは細い路地を二本も入った場所にあるので、常連か口コミや紹介で知った客がほとんどという『辻のい』は、料理はおまかせのコースが一種類のみだが、値段の割には凝ったものを出すコストパフォーマンスの良さで固定客が離れない。コース以外でも食べたいものがあって食材が揃っていれば、出してくれることもある融通《ゆうづう》のきくところが、耀一の気に入りだった。

酒はそれほど豊富ではないが、各種厳選したものを揃えている。

店の中央の板場をぐるりと取り囲むように設けられたカウンター席のほか、小さな個室が三つほどという店は、けして広くはない。だからその分、落ち着いた気分になれた。

疲れているとき、美味いものが食べたくなったとき、ゆっくり飲みたいとき、などに耀一はこの辻のいを訪れる。つまりは、一人で来店して、飲み食いし、少しばかり板長と世間話をして、満足して帰るのが定番だったのだが、この夜は違った。

いつものカウンター席ではなく、奥まった個室席を指定したのである。

下心は無きにしも非ずだったが、下準備をして臨《のぞ》んだわけではない。つい口からぽろりと「個室にしてくれ」という言葉が出てしまったのだ。

誰にも邪魔されず、三郷と二人でゆっくり食事と酒を楽しみたいという押し隠してきた本音が顕在化《けんざいか》したのだろう。

といって、今の段階ではどんなことをしても絶対に落としてみせる、という意気込みまではない。ただ、もう少し親しくなりたい、というのが本音だ。もちろん、親しくなる分にはどれだけ親しくなっても構わないのだが。

高杉という共通の友人がいなかったら、たとえ石田の一件があったとしても、こうまで親しくなれたかはわからないな、と耀一は思っている。親しくなるどころか、警戒されていたかもしれない、とすら考えてしまう。

あれきり、二人でいるときに高杉の話題が出たことはないが、それは多分あえて避けているからだ。避けているのは、耀一ではなく三郷である。

三郷は高杉に、自分の性癖を秘密にしている。口にしなくても「高杉には内密に」とは暗黙の了解だ。

耀一が、小さな刺のように引っかかるのは、ここなのである。

高杉は三郷がゲイだとは知らないが、耀一がゲイだということは知っている。さらにいえば、耀一は、三郷がゲイであることも、高杉がゲイであることも知っていた。

そう。高杉は女を抱けない。三郷は全く知らないようだが、耀一はよく知っていた。

高杉とは、大学が同じだったのだが、ある偶然がなければ、こうまで親しくなることはなかったはずだ。

人数合わせの合コンに引っ張り出されたものの、女性には端から興味がない耀一は、幹事の顔を立てて一次会だけ顔を出し早々に引き揚げた。安価なチェーン店で出された冷めかけた揚げ物や、完全に解凍されていない刺身に手を付ける気になれなかったうえ、両隣りに座った女の子に競うように身体を押し付けられて辟易してもいた。

験直《げんなお》しに、と二丁目の行きつけの店で狙った獲物を口説いている場に入って来たのが高杉である。学部も違ったが何度か合コンで一緒になったことがあり、顔と名前だけは知っていたのだが、あまり親しく口を利いたことはなかった。

それが、急速に何かとつるんで行動するようになったのは、秘密を共有することもさりながら、気の置けない話ができたのが大きかったのだろう。

耀一はもちろん、高杉も、それまで自分のセクシャリティを前提にして同年代の男友達と腹を割って話をしたことがなかったのだ。少なくとも耀一にとって、そういう意味で、高杉の存在は大きかった。

といっても、もちろん寝たことはない。互いにその気にならないのは助かったが、好みのタイプが被るのには閉口《へいこう》した。だからこそ、話が盛り上がったのではあるが。

耀一も高杉も、学生時代は遊び人を装っており、実際のところまるきり噂だけという訳ではなかった。それでも、ホテルに行く相手が女性ではなく男性であったことは、お互いしか知らないことだ。

二人ともに見てくれが上等の部類に入り、周囲に合わせて振舞うことでノリがいいと思われていたせいで、合コンなどには引っ張り蛸《だこ》であった。ただ、その手の集まりに来るような女の子達には全く目もくれなかったために、本命は、他にいるものと周囲は勝手に思い込んでくれていた。

あいつらに女がいないわけがない。きっとバリバリ仕事ができる年上の極上のお姉さまに違いない。だったら乳臭い同世代の女なんか、視界にも入らないのだろう、と。

そのお陰で、一度もお持ち帰りしたことがない事実を、ほんの一瞬たりとも疑われたことはなかったのである。

当時、珍しく泥酔《でいすい》した高杉がある友人への秘めた思いを洩らしたことが一度だけあった。嫌われたくないばかりに、口説くことも告白することもできず、挙句《あげく》の果てには必死の思いでノンケを装っているのだと言う。

「あいつに軽蔑されたら生きていけない」

「親兄弟には構わないが、あいつには俺がゲイだってことは絶対に知られたくない」

　そうまで言って、思いつめた表情でさらに酒を呷《あお》っていた姿が耀一の脳裏に焼き付いていた。

　ストレスを溜め込んで、何かの拍子に不埒な真似をしないよう、高杉はあまりその友人に連絡を取らないようにしているのだとも言っていた。溜まった鬱憤は、二丁目で思い切り晴らすのだとも。

　対する耀一の方も相当だった。手当たりしだいとまでは言わないが、少しでもイイと思えば必ずホテルに連れ込んだ。そのくせ、真面目に付き合おうとしたことは一度もない。

　どれだけしつこく問いただしても、高杉は思い人について詳しく話してはくれなかった。名前はもちろん、どうやって知り合ったのか、年齢すらも教えてくれなかったのである。

「俺が好きなんだから、おまえだって絶対に好きになるに決まってる。だから絶対に教えてやらない」

　そう頑強《がんきょう》に言い張った。

　壮行会で、こいつかなと思われる人物は何人かいたが、もう確認しようとは思わなかった。

もしかしたら三郷なのではないか、という一抹《いちまつ》の不安があって、その嫌な予感を現実のものにしたくなかったのかもしれない。

どっちみち、もう止められないけどな、と耀一は思う。

高杉の長年の思い人が三郷であっても、身を引こうとは思えなくなっていた。

それにもちろん、三郷がそうだとは限らない。誰か他の男で、あの壮行会には来ていなかった人物かもしれないのだ。

三郷を待つ。この短い時間に、耀一の心はじんわりと、だが確固たるものに変わっていきつつあった。

あの晩の様子からすれば、三郷はあまり遊び回る性質ではないようだし、軽く誰とでも寝るようなタイプには見えなかった。つまりは、三郷をどうこうしたいなら、手順を踏んだアプローチをして、ちゃんと付き合わなければならない、ということだ。

揃って二丁目にでも行けば、口さがない飲み仲間達が、耀一の旧悪を一切斟酌《いっさいしんしゃく》することなく暴露するだろうし、それを耳にした三郷が、耀一とまともに付き合いたいと思うかどうか…。

いや、耀一程度に遊んでいる男は、他にも数えきれないくらいいる。二丁目に行ったところで、悪さがバレていない店を選べばいい。

（いや、いっそ全部ばらすか。その上で、付き合ってくれって言ってみる…とか？）

もはや、下駄箱《げたばこ》の前で待ち伏せをする女子高生のような気分である。

個室スペースは狭く、固定されたベンチタイプの椅子の間に木製の大きなテーブルがあるだけだが、壁で完全に仕切られているせいか、店内の賑やかさは伝わってこない。

逆にいえば、こちらの話声も外に漏れる心配はほとんどなかったから、内緒話をしても大丈夫だということだ。

耀一が個室を予約したとき、馴染みの店の者達は、人に聞かれたら都合の悪い話をする気満々でいるということを十分に承知したはずである。女将《おかみ》は気配りが着物を着て歩いているような女性だし、仲居や板場の者たちも十分に教育が行き届いていたから、不安はない。

お連れ様がお待ちです、という女将の声が聞こえたすぐあとから、待ち人が現れた。

「お飲み物はいかが致しましょう」

女将に問われた三郷が、耀一の前に置かれている硝子《ガラス》の徳利《とっくり》とぐい飲みを見て、同じもので、と返す。

「吟醸《ぎんじょう》じゃないぞ」

口あたりのよい飲みやすい酒ではないと暗に忠告すると、三郷はわかっているというように頷いた。

「甘い酒は苦手だから、それでいいよ」

「意外にイケル口なんだな」

「事務所じゃ、あんまり飲めないことになってるけどね」

酒好きのシニア弁護士に付き合わされる酒豪《しゅごう》の先輩弁護士を見て、災難を避ける決意をしたのだと言う。

「週に何度も朝までコースじゃ、過労死する前に肝硬変《かんこうへん》になるって」

うんざりしたような三郷の顔を目の前にすると、耀一にも微苦笑が浮かんだ。

「場所、わかったか？」

少しわかりにくい場所だっただろうと思って尋ねると、ああ、とあっさり返事が返ってくる。

「携帯ナビ？」

「いや、この一本表側のステーキ屋に行ったことがあって。だいたいはわかってたから」

「ステーキ屋って、叙庵？　さすが、大手事務所の高給取りは違うね。あそこ、Ａ５の近江牛《おうみぎゅう》しか出さないっていうのが売りのステーキ懐石《かいせき》の店だぞ」

「自腹《じばら》なわけないだろ。国松先生のお供《とも》でついでに接待されただけだよ。依頼者が、若い方の先生も是非《ぜひ》にって言ってくれなきゃ、あの店の敷居は跨《また》げないって」

「だよなぁ。コースで五万だっけか？」

「え、あの店、そんなにするのか？」

「って、聞いてるけど」

「よく知ってるよな。そういう久永こそ、行きつけにしてるんじゃないのか？」

「あそこの隣の鰻《うなぎ》屋を叔父貴が贔屓《ひいき》にしてるんで、たまに話に出るんだよ。鰻屋には三回に一回くらいは連れてってくれるけど、さすがに叙庵はな…」

「ああ、蓑川か。所長の行きつけだよ。他の店と皮の焼き加減が違って、香ばしいんだとか言ってて」

「ああ、叔父貴も同じこと言ってた。俺には、全然わかんなかったけどな」

「でも、そんなことは絶対に言わない、と」

「いやいや、言う、言う。『舌が肥えてないから違いが全然わかんねぇ』ってアホな甥を前面に出すと、『若いからしようがねぇなぁ、また連れて来てやるか』って、なるわけだ『そのうち、違いがわかるようになる』なんて言ってな」

「なんだ、それ、甘やかしすぎだろ」

三郷が文句を言い終わったころ、先附《さきづけ》が運ばれてきた。黒塗りの盆《ぼん》の上に趣向を凝らした小さな器《うつわ》が幾つか乗っている。

運んできた女将が簡単に料理の説明をしてくれ、ごゆっくり、と言い置いて出て行った。

「のれそれ？　なにそれ、初めて食べる」

「穴子《あなご》の稚魚《ちぎょ》だよ。ポン酢バージョンと酢味噌《すみそ》バージョンがあるんだけど、今日はポン酢で出してきたな」

耀一が言うと、へぇと驚いたような顔になっている。箸《はし》でつまんで口に入れると、うまいなと呟いた。

「生シラスっぽいけど、やっぱり違うな。小さくても穴子の形してる」

器用に箸で一匹だけつまみあげるとしげしげと眺めている様子が、思っていた以上に耀一の本能を鷲掴《わしづか》みにした。

(なんで、こんな可愛い顔するんだよ…)

嫌な奴だったら、裸に剥いて舐め回したいなんて思わなくて済んだのに、と毒づきたくなる。

板長手仕込みの鯛《たい》の塩辛とクリームチーズを和えたものを摘《つま》んでいると、思いのほか酒がすすんだ。

椀物《わんもの》が運ばれて来たときに、三合徳利を追加で注文する。三郷にも否やはないようで、嬉しげに箸を進めている。

本マグロとサヨリの刺身、焼き物の鰆《さわら》を堪能《たんのう》して、朝掘りだという筍《たけのこ》と若布《わかめ》の煮物に夢中になっているとき、三郷が何気なく口にした。

「久永はさ、全然バレてないの？　職場でも家族と一緒じゃ、いろいろやりにくくないか？」

今までの他愛ない会話の延長のような口ぶりではあったが、逡巡《しゅんじゅん》した末だろう問いの端々にあらわれていた密やかさに、まぁな、と耀一は頷いた。

「やりにくいよ。――だから、身内にはバラした」

三郷がギョッとした顔つきになる。

「両親と兄、姉に、叔父たちと従弟達もだいたい知ってるな。祖父さんは心臓発作でも起こされたらまずいと思ったけど、結局言った。もっと大騒ぎになると思ったんだけど、案外スルーっていうか…。腫《は》れ物に触るような扱いでもないしな。ああ、身内以外には内緒にしてるぞ。事務局とか」

「そりゃ、まぁ、――そうだろうね…」

驚きすぎたのか、黙り込んでしまった三郷に、耀一はあえて尋ねた。聞いてきたことは、自分が聞かれたかったことなのだろうと思ったからだ。

「おまえは？」

「家族には言ってない」

沈鬱《ちんうつ》な表情で首を振る三郷を思わず抱きしめてやりたくなる。

「他に知ってるのは？　もちろん、俺は除いて」

そう言うと、少しだけ口の端に笑みが乗った。

「二丁目関係は置いとくと、――――高校の同級生くらいかな」

瞬間的に、耀一の心臓がどきりと大きく波打った。まさか、という思いはすぐに打ち消された。

「高杉の壮行会のとき、会ってるだろ？　幹事やってた仲野。あいつは知ってる」

「――――高杉は？」

「言えない。仲野も話してない。おまえがバラしてなきゃ、知らないと思う」

「本人の了解も取らずに暴露するほど、口は軽くないんでね」

疑われたように感じてしまい、つい皮肉めいた言い方をしてしまう。と、三郷がいつになく暗い目付きで口元を歪めた。

「ちゃんと守秘義務を全《まっと》うしてるわけか」

「おまえは、俺の依頼人じゃないけどな」

最低限のルールってもんがあるだろ、と言うと、感謝する、と小さな謝辞が返ってくる。

少し俯《うつむ》き気味の三郷の面立ちは、張りつめていたものがほんの少し緩んで溶けたように思えた。

「だが、まぁ、よくも今までバレなかったもんだよな」

「そりゃ、気を付けてたから」

吐き出すように言った三郷が、自嘲するかのような笑みを見せる。

「エロ本やAV見て、一緒に騒いだり？　どうでもいい女優やモデルの話に興味津々の振りしたりとか？」

「みんなするだろ、そういうことは…。まぁ、でも、高杉とは、あんまりシモの話はしなかったかもな。他のやつらの方がけっこう厄介だったかも。しつこく好みの女のタイプを聞かれて、挙句に女紹介されたりとか…」

ああ、と耀一も思わず頷いた。そう遠いというわけでもないが、過去の記憶がバラバラと甦《よみがえ》って来る。

「ダチの紹介って面倒なんだよな。会いたくないけど、あんまり断り続けてるのも拙《まず》いし。それこそ疑われかねない。そいつのカノジョの友達だとかで、うっかり会うのをOKしたりすると、それはそれで断りにくい雰囲気がプンプンしてたり。ダブルデートしたいってだけで、手近なフリーのもん同士をくっつけようっていうのが見え見えっていうか…」

「しかも、どういうわけか、顔もスタイルも性格もいいっていう、ノンケのヤツらにしてみりゃ垂涎《すいぜん》の逸品《いっぴん》みたいなのが回って来るんだよな。本当にやりにくいったらないっていうか…。コレ断ったら、俺ってマジで悪者扱い？　みたいな…」

十代のころの人知れぬ苦労を思い返して、ふと漏らした溜息は二人同時で、思わず顔を見合わせて苦笑を洩らしたところへ、女将が顔を見せる。

「お酒、もっとお持ちしますか？　ご飯の用意もできますけど」

ご飯ものはもずく雑炊《ぞうすい》だという女将の言葉にそそられて、酒は終いにしようとほとんど同時に頷き合う。

こういうとき、飲み上げのタイミングが合うと気分よく食事を終えられる。まだ飲み足りない、という輩も耀一の周りには結構いて、少しばかりうんざりさせられることもないわけではないからだ。

見ている限り、こちらに気を使ったふうではなく自然と切り上げるような感じになったから、耀一はじんわりと妙な嬉しさを味わっていた。

徳利に残った酒を互いの器に注ぎ分けて、ゆっくりと舐めながら、雑炊を待つ。

程なくして運ばれてきた大振りの椀からは、出汁《だし》と磯の香りが漂ってきて、そろそろ満腹感を感じていたはずの胃を刺激した。

出汁が美味い、もずくの食感がいいなどと言いあっているうちに、椀が空になったところで、話が戻る。

「女を紹介してやるよ攻撃も、高校のころはともかく、大学に入ってからは、高杉のお陰で随分楽になったけどな」

「合コンの一次会だけ顔を出して、さっさと引き上げるって？」

自身がそうだったのだろう三郷の言葉を、いやと遮《さえぎ》った耀一はごくさりげない風を装って、事実のほんの一部だけを口にした。

「高杉が盛り上げるだけ盛り上げて、トンズラこくときは一緒に即ダッシュって感じだったから」

「ああ、高杉、理想高いからな。合コンに来るような乳臭い女は勘弁《かんべん》、とか平気で言うし」

そうか、あいつは三郷の前ではそうやって取り繕っていたのか、と耀一はあらためて高杉の努力の一端を思い知らされたような気がした。

話の流れでいっそ高杉もゲイだぞと教えてやった方が親切かと思ったが、それでは仁義《じんぎ》にもとるだろう。この場に高杉がいるのなら、否いなくとも了解が得られるならばともなく、できないのなら言うべきではないと思うしかなかった。

高杉から暴露ＯＫをもらうには、三郷が同類であることを教えてやらなければならないだろうが、それはできない相談だ。三郷も高杉が同じ穴の狢《むじな》だと知れば躊躇しないかもしれないが、教えてやることはできない。堂々巡りの八方ふさがり、とはまさにこういうことだろう。

仲野という、あの面倒見のよさそうな男が高杉の事情を知っていれば労を惜しまず上手く取り計らってくれるかもしれないが…。

(多分、知らないだろうな)

知っていたら、三郷も高杉も、今ごろ互いの秘密を打ち明け合っているはずだ。一度会っただけだが、あの仲野という男なら、そういう上手い気の回し方をしているのではないか、と思えた。

「俺は、乳臭くなくても、女は勘弁だな」

そう言うと、三郷がにやりとする。その緩んだ唇を舐めたいという思いは隠しつつ、耀一は、一瞬ためらったものの、意を決して胸の内を吐きだした。できるだけ、さりげなく。話の続きをしているかのように。

「俺と付き合わないか」

三郷はまじまじと耀一の方を凝視《ぎょうし》している。

「俺じゃダメか？」

「――――急に、そんなこと言われても」

本気で戸惑っている三郷に、どうしても諾と言わせたいと強く思った。

「フリーなんだよな？」

「まぁ、今はそうだけど……」

「俺とは寝たくない？」

「そんなことは…」

ない、と言えば、寝たいという意味になると思ったのか、三郷は困惑しきった表情のまま、曖昧に語尾をぼかした。

これはもう、正攻法で行くしかない。耀一は、腹を括《くく》る。

「この際だからはっきり言うけど、俺は、今まで、なんていうか、まともに一人の相手と付き合ったことがない。散々だらしのないことをしてきたのを隠すつもりはないし、おまえには嘘をつく気もない。もし、その辺を全部承知して、それでも俺と付き合ってくれるなら、絶対に浮気はしないし、おまえのことだけを大事にする。約束する」

いきなり言い出して驚かれるだろうことは想定済みである。だからといって、躊躇するつもりは毛頭《もうとう》なかった。

もちろん、耀一自身は、いわゆる男女が付き合う過程において辿っていくような手順を踏んで、寝たい相手を落としたことはない。艶めいた誘い文句と眼差しで十分に相手はその気になったし、耀一の評判が耳に入っていれば誘う必要もなかった。寝たがる相手には事欠かない、といっても嫌味ではないくらいではあったのだから。

知り合ってから、まず食事に誘い、いい感じになってから次の約束を、というのがノンケの友人達の言う手順だ。恋愛と欲望は切っても切り離せないと熟知している者同士、のらりくらりと引っ張るのは、まどろっこしくて却《かえ》ってよくないかもしれない。そう踏んだせいもあるが、耀一自身が我慢できなくなったことが大きい。

このままただの同僚、せいぜいが他の同僚たちよりも親しい間柄の——を続けていたら、単なる友達で落ち着いてしまう可能性も否めない。それは、絶対に我慢できなかった。

迷っているだろう三郷の背中を押すつもりで、テーブルの上に置かれていた手をそっと取った。引っ込められそうになるのをきゅっと握って離さない。

もう一度視線を合わせると、三郷の頬に微かに赤味が差した。それを見た瞬間、耀一も

つられたかのように背筋と顔が熱くなった。

「うち、来ないか」

衝動的に口にしてしまったが、間違いなく本音だった。

ほんの少しの間が空いて、それが永遠にも思えたあとで、三郷が微かに頷くのがしっかりと目に入る。

どちらからともなく立ち上がる。会計時に、二人して財布を出して支払いを主張したせいでちょっとだけ揉めたが、すぐに三郷が引いた。誘った手前割り勘もないだろうと言うと、耀一の顔を立ててくれたのだ。

表通りまで肩を並べて歩く間、少しだけ気恥ずかしい思いを味わう。そんなことは、初めてだった。

女連れでなくても入れフロントが無関心で、そこそこ小綺麗なホテルなら幾つも知っているし、いつもならその中のどれかを使っていただろうが、今宵は違う。

自分のベッドに引き入れて、朝まで一緒にいたいと切に思っていた。

キスだけで息が上がるのは随分久しぶりのことだった。まだ、互いの肌を少しまさぐりあっただけなのに、すでに下肢《かし》はすっかり反応している。恥ずかしいと思わないで済んだのは、敦彦だけでなく耀一もまた似たような状態だったからだ。

立ち上がったものを腹に擦りつけ合うようにしながら、舌を絡めて口内を探り合う。もう少し正気だったら、舌にさっきの酒の名残《なごり》を感じたかもしれないが、敦彦の方にはそんな余裕はなくなっていた。

ベッドに入る前に、バスルームで散々悪戯《いたずら》されたせいもある。

先に一人でシャワーを使い、心と身体の準備をしておくつもりだったのだが、ざっと流したあとで耀一に踏み込まれたために予定はなし崩しになった。

シャワーの下で全裸の耀一に抱きすくめられ、待てないと言わんばかりに唇を貪られたら、腰から崩れ落ちそうだった。あまつさえ、その指で後孔を清められたら、残っていた照れや戸惑いは吹き飛んでしまう。自分の足で立っているためには、耀一の肩にすがりつかなければならなかったのだ。

バスタオルで丁寧に拭われたあとでもつれ込んだベッドでは、もう歯止めが利かない状態になっている。

　実のところ、セックスするのは久しぶりだった。

　もう少し緊張してもいいはずなのに、気分が妙に臨戦態勢《りんせんたいせい》に入っている。

　ケイちゃんに「たまには自分から突撃してみなさいよ」と言われたことは、敦彦のアイデンティティをそれなりに揺さぶった。

　がっつくのって、みっともないんじゃないかとずっと思っていたし、それなりに自制も利かせてきたけれど、今はどうも無理みたいだった。

　自分から突撃とはいかないまでも、まるっと開けっぴろげにはなっていた。ねだるようにして首を伸ばし、キスをせがんだ。

　乾いたシーツの上で耀一の身体の重みを受け止める。滑《なめ》らかな肌に手のひらを這《は》わせるようにしてゆっくりと撫で下ろした。

　途中で、探り当てた乳首をわざと爪の先で引っかく。絡めあっていた耀一の舌が、ひくりと震えるのがわかり、それがさらに反応を引き出したいという願望を生んだ。

　耀一の指に両の乳首が捕えられ、先程のお返しだとでもいうように軽く弾かれる。指の先で柔らかい部分をきりっと摘まれると、喉の奥から小さな呻《うめ》き声を洩らしてしまった。

　敦彦の右手はさらに探検を続ける。下腹を辿っていくと、湿《しめ》った下生《したば》えを掻きわけるまでもなく、立ちあがりかけていたものを探り当てた。

手のひらに納め、その大きさを確かめる。根元からゆっくりと扱《しご》いていくと、口付けがより深くなった。息が上がるほどに舌を吸われる。

ぴたりと腰を合わせた耀一が、敦彦のものと一緒に握りこんできた。二人の掌の中で、二本の欲望が擦れあう。先端を擦られると、思わず腰を動かしてしまった。

「ん……っ」

先端から蜜液が滲みだしてくると、滑りがよくなったせいか手の動きが激しくなる。

「あ……、待っ…て」

このままいきたくないと視線で訴えると、耀一も察してくれたようだった。むしろ、待っていたとばかりに促され、体位を変える。

仰向けに寝転がった耀一の顔を跨ぐようにして腰を落とし、両手で目の前にある耀一のものを握りしめた。

耀一がサイドテーブルからローションを取り出して準備している間に、手の中の肉塊《にくかい》を育てることに熱中する。両手を使って擦りあげ、先端に唇を押し当てて軽く吸うと、どくんと脈打って膨れ上がった。

顔を伏せて、大きく開けた口の中に迎え入れていく。舌でねぶるように舐め回し、頬をすぼめてきつく吸い上げると、さらに大きさを増し硬くしなった。

唾液《だえき》を潤滑剤《じゅんかつざい》代わりにして、扱き立てていく。

こんなふうに、相手を翻弄《ほんろう》するのではなく、純粋に口淫という行為そのものを楽しんでいるのは初めてのことだった。もっと気持ちよくしてやりたいと、睾丸《こうがん》に舌先を絡めようとした刹那、シャワーの下で清められたばかりの窄《すぼ》まりにぬめった柔らかい感触が宛がわれる。

そこを舐められるのは初めてではないけれど、反応せずにはいられなかった。思わず顔を上げて、詰めていた息を吐き出す。

ローションをたっぷりと纏わせた指が、今はまだつつましやかな素振りを見せている秘肉の狭間《はざま》に押し込まれていく。

襞を引っ掻くようにくすぐったかと思うと、入り口の狭い部分を広げるように出入りしている。

すぐにでも食い締めてしまいそうになるのを堪えていると、ぬるりと奥まで入ってきた。
二、三度抜き差しを繰り返したあとで、すぐに指が増やされる。
三本目を受け入れたときには、じっとしていることができなくなって、腰を揺らしてしまった。

尻に柔らかい感触が当たったと思ったら、きゅうっと吸われる。耀一にそこにキスされたと知った敦彦は、甘えるように鼻を鳴らしていた。風呂場の鏡にうつしても、自分では見えにくい場所に、赤い跡がついただろう。この愛撫の痕跡を見つけることができるのは、耀一だけである。

熱い吐息をつきながら、敦彦はそそり立つものの裏へと舌を伸ばした。片手で耀一自身を握ったまま、もう片手で睾丸をすくい上げる。軽く舐めたあとで、口内に導き入れてねぶり回した。

脚の間で、耀一が呻くのを感じ、敦彦の肉体に完全に火が付いた。

煽られたのは耀一も同じだったらしく、秘孔の奥を掻き回す指を激しく蠢かしてくる。

「んっ、んっ、――あぁっ、だめ…っ」

耀一の手で、ぐるぐると肉筒を掻き回されながら分身を擦られると、一気に射精感が高まった。

これ以上されたらいっちゃうから止めてくれと哀願すると、敦彦の施した愛撫で上気した顔がにやりとする。

阿吽《あうん》の呼吸で体位を変え、耀一を迎え入れるために四つん這いの姿勢で腰を上げると、逞《たくま》しい腕に引きずり戻された。

こんだ。

「前からがいい。────顔を見て、したい」

熱っぽく懇願されては、否やはない。仰向けになって、開いた足の間に耀一の腰を挟みこんだ。

少し腰が浮くほど足が持ち上げられると、ゴムを付けた耀一の分身が薄く口を開けた秘孔に押しあてられる。

つぷりと先端が入って来ると、期待感で胸が詰まりそうになった。

もっともっと奥まで、と望んだとおりに狭い器官がゆっくりと塞がれていく。押し広げられるような感覚は馴染みのものだったが、粘膜を擦りあげられる感触をこうまで生々しく感じるのは初めてのことだった。

「きつい?」

気遣うような問いに、そんなことはないと首を振る。気持ちイイと応えようとしたところで、耀一の動きが止まった。

動かないまま、敦彦の顔を見つめてくる。

何も言わなくとも、互いに味わっている快楽の深さはわかっていた。

こんなセックスは、今までしたことがなかった、と敦彦は思う。耀一をもっと気持ちよくさせたいし、それによって自分ももっと乱れてみたかった。

耀一の額から滴り落ちた汗が、敦彦の胸の真ん中に落下して、片方の乳首の方へとつつつっと流れていく。その他愛ない感触に、濁流《だくりゅう》をせき止めていた薄い壁が崩壊する。

「あ……」

突如《とつじょ》、耀一を飲み込んでいた粘膜がうねった。それは、敦彦自身も驚いたほどの貪婪《どんらん》さで、穿《うが》たれていた肉塊を食《は》んだ。

飲み込むようにしてうねり出した肉襞の動きがあまりに卑猥で、敦彦は思わず視線をそらしてシーツに顔を押し付ける。隠そうとした羞恥《しゅうち》の表情は、かえって耀一を煽ることになった。

「あぁ…っ！」

扇情的《せんじょうてき》な仕種は、ほんの僅《わず》かに残っていた男の余裕を跡かたもなく薙《な》ぎ払ってしまう。

急に凄まじい勢いで、そこを刺激され、敦彦はのけぞりながら嬌声《きょうせい》を発していた。

腰がぶつかり合うほど抜き差しされて、入り口の肉襞がめくれ上がる。内部を潤していたローションが、抽挿《ちゅうそう》のたびにあがるじゅぶじゅぶという淫猥な音をさらに大きくしていた。

粘膜を執拗《しつよう》に擦ってくる肉塊を夢中で食い締め、深くなる快感に全身を蝕まれていく。内股を引き攣らせ、秘孔をきゅうきゅうと絞りながら、敦彦は達していた。腹の上で震えるほどに張りつめていた肉棒の先端から、白濁した蜜が飛び散る。

射精につられ、さらに狭くきつくなった肉筒の間を抉《えぐ》るような律動《りつどう》は止まらない。達した感覚から抜けきれないまま、敦彦はさらに追い込まれた。

ああもう壊れるかも、と感じたとき、肉壁がグッと押し広げられるような感覚があった。きつく抱きしめられ、広い肩に夢中でしがみついていると、身体の奥まで入り込んでいたものが大きく膨らんだ。

耀一が自分の奥で達したことが、信じられないような喜びをもたらしていた。

射精に震えている身体を抱き締め、頭を持ち上げて耀一の唇に食らいつく。この満足感を全身で享受《きょうじゅ》したかった。


目を覚まして、最初に視界に入ったのは見慣れない天井《てんじょう》だった。一瞬、ホテルかどこかにいるのかと勘違いしそうになったのだが、一挙《いっきょ》に何もかもを思い出す。途端に、完全に眠気が飛んで、自分の置かれている状況がはっきりとわかった。

身体に巻き付けられている腕と、耳元を掠める温かい吐息の感覚で、背後から抱きしめられるようにして眠り込んでいたのだと悟ると、敦彦は火を噴いたのではと思うほど顔が火照《ほて》るのを感じた。

コトのあとで仮眠をとることは間々《まま》あったが、抱き込まれても気付かないほど爆睡したことなどない。

自分を抱き締めている相手を起こさないようにベッドから抜け出すためにはどうしたらいいものか、本気で悩む日が来るなど、信じられない思いだ。

まいったなと思っていたら、ふいに腕が外れた。耀一が寝返りを打ったようだ。

今のうちだと、そっと上体を起こした瞬間、背後から伸びてきた腕が腹のあたりに巻きついてきて、引き戻される。

いきなりだったのと、それなりに勢いがついていたせいで、バランスを崩した敦彦は、シーツの上に仰向けに引っくり返ってしまった。

真上から、悪戯めいた笑みを浮かべた耀一が覗いている。

「俺の計画を台無しにするな」

「計画？」

いつの間にそんなものを立てたのかと訝《いぶか》しげに耀一を見やれば、なんだか妙に楽しげにしている。

「本当はキスで起こしたかった」

「そうすればよかっただろ」

寝たふりをしていたのかと、敦彦がムッとしても、耀一が意に介す様子はまるでない。

「そうだな。寝顔が可愛いとか感動している場合じゃなかった」

「可愛いって…」

同じ年の男に向かって言うセリフか、と絶句している敦彦を尻目に、耀一は次なる計画を思い出したらしい。

いつの間にそうなったのか気付きもしないうちに、敦彦の足の間に入り込んでいた手を股間へと伸ばしてくる。

ゆっくり揉みしだいてくる器用な指から逃れようと、腰を捩ったら、これ幸いと背後からのし掛かられてしまう。

「ちょっと…」

こんな朝っぱらから昨夜のような痴態はごめんだと、ベッドから出ようとする敦彦の抵抗を、耀一は後孔に忍ばせてきた指一本で鈍らせてしまう。

昨夜の快楽の熾火《おきび》が身体の芯にくすぶっていると教えてくる指は、昨夜よりももっと淫らで執拗だった。

「やめろ…って…！」

いい加減にしろと睨みつけても、無駄になるどころか逆効果なようだった。キツイ視線を向けられた耀一は、口元を緩め笑みらしきものを見せたのだ。

そうして、より深く弄《いじ》ってくる。

「もう、やめ…っ！」

思わず振り上げてしまった脚は耀一の脇腹を打ったのに、力がほとんど入らないせいか、ろくなダメージを与えられなかったようだった。乱暴だな、と言いながら、耀一は嬉しげに眼を細める。

その表情を見て、なんだかヤバイかもしれない、と思ったときには後の祭りといったところだ。自分だって十分わかっているはずなのにもかかわらず、相手を煽ってしまっている。

これ以上抵抗すれば余計に良くない状態に追い込まれるだろうが、といって積極的になるには躊躇してしまう。宥めるように柔らかく抱きしめて、優しいキスを繰り返せば収まるときは、もはや過ぎている。昨夜と同じくらい、否昨夜よりも激しく濃い交わりを求められるだろう。

きりっと奥歯を噛みしめ、毒食らわば皿までか、と覚悟を決めようとした刹那、耀一がふと困りきったような顔になる。

「そんな顔するなよ…」

仕方ないな、と言わんばかりの溜息をつきながら、耀一が洩らす。

「まるで俺がいじめてるみたいだろ」

「いじめてるだろうが！」

追い詰められたような気配が一気に緩んだ反動か、思わず言い返してしまう。そんな敦彦を一瞬まじまじと見つめた耀一は、だが瞬間的に頬を緩めた。

「怒るなよ。俺は、一緒にシャワーを浴びたかっただけなんだ。ただその前に、――もう一度汚れておくのも悪くないんじゃないかって…」

「悪くない…？」

言葉尻を捕えたのは、故意にだ。耀一の指は、まだ敦彦の中を悪戯していて、放っておかれたらかえって腹を立ててしまいそうなところまできている。

耀一が目を細めた。敦彦が投げかけたものを、ちゃんと受け止めている。淫らで、ひどくいやらしい顔つきになっていた。

「汚したい」

耳朶を耀一の吐息がくすぐる。

「敦彦の中をどろどろにしたい。あとで、俺が全部掻き出して、洗ってやるから…」

卑猥な言葉に、思わず喉が鳴った。

シーツと腹の間に挟まれているものは、さっきから何度も脈打って、触れてほしいと訴え始めている。

肩越しに振り返ると視線がかち合った。吸い込まれるようにして、唇を重ねる。舌を舐めあうようなキスをしながら、敦彦は手を後ろに回した。尻のあたりに当たっていた熱いものを探り当てて、掌に納める。

耀一の手が前に回ってきて、敦彦の肉塊を捕えた。前と後ろとを連動するようなリズムで刺激され、喉の奥から呻き声を洩らしてしまう。

だが、我慢できなくなった耀一が、背後からそのまま突き入れてこようとしたのは、押しとどめた。

不満そうなのをキスで黙らせ、今度は逆に押し倒す。

仰向けになった耀一の腰に跨り、すでに避妊具もつけて突き入れるばかりになっていた隆々と存在感を示すものに手を添えて、尻の狭間の奥へと導き入れていく。

耀一の手に腰を支えられながら、ゆっくりと自分の腰を沈めた。

衝動に突き動かされるようにしての体位だったから、きついかもしれないと少しばかりの覚悟はしていたが、全くの杞憂《きゆう》に終わる。

耀一の指で昨夜の快感を思い出した肉壺は、押し当てた先端をぱくりと飲み込んだ。そのまま、難なく剛直を受け入れる。

長い息を一つついたころには、耀一のものは完全に肉襞に包まれていた。

「すごい…」

思わず、といったふうに洩らした耀一の呟きが、敦彦のテンションを一気に上げた。

四つん這いの格好になると、ゆっくりと腰を動かし始める。両手で耀一の頬を包み、再び口付けた。

胸や脇腹を性急な仕種で撫で回してくるところからすると、耀一もかなり感じているようだと思い、敦彦はかつてないような満足感を味わった。

受け入れる側だということを差し引いたとしても、これまでのセックスでは、完全に受動的な立場だったのだと、敦彦は思った。瞬間的に悟ったといってもいい。

自分のやりたいように動き、それを受け入れてくれる相手との交わりは、格別なものなのだと知ったのだ。

もっとよくしたい。もっと感じさせたい。

その本能に突き動かされるようにして、敦彦は腰を振っていた。

耀一の手に尻を撫でられたかと思うと、掴み締めるようにして激しく揉まれる。もっと激しくしてくれと催促《さいそく》されるような動きに、敦彦はますます尻をくねらせた。

動きにくいと身体を起こして、耀一の腰の上で上下に激しく腰を揺する。太腿《ふともも》にあてられていた耀一の手が、もっとだと煽るように引き寄せてきたせいで、バランスを崩し、後ろに倒れ込みそうになった。

背後についた両手で身体を支えながらも、腰の動きは止められない。大きく開いた足の間で、淫猥な蕾が大きく口を開けて、太いものを奥まで咥え込んでいるのが丸見えになっているはずだ。その痴態を耀一が食い入るように見つめているだろうことを思うと、敦彦の身体は否応なく熱くなった。

くそっと呟く声が聞こえたかと思うと、身体を起こした耀一に正面から押し掛かられた。大きく開かされた足の間に激しく腰を打ちつけてくる。目いっぱい広げられた窄まりを執拗に擦りあげられて、敦彦は悲鳴のような嬌声を放っていた。

意識しなくても、肉襞がうねって、蹂躙《じゅうりん》してくる肉塊を絡め取ろうと蠢いているのがわかる。

昨夜教えられた過敏なほどに感じやすい部分を先端でぐりっと捏《こ》ねられて、一気に押し上げられた。

「あぁあっ、も……ぉ、――――ムリ……」

いく……と小さく口走った瞬間、奥まで咥え込んでいたものが大きく痙攣《けいれん》するのを感じた。自分の腹も熱いもので濡れている。

一緒に達したのだとわかったとき、敦彦は、倒れ込んできた耀一の背中を力いっぱい抱きしめていた。

目が合うと、それだけで、まだ繋がっていたい。もっと欲しいと思ってしまう。

「シャワー……、もっとあとでもいいか?」

問われて、一も二もなく頷いていた。熱い湯で身体を洗うのは、だいぶ先のことになりそうだった。


「三郷先生、引き直し計算の入力できましたよ」

秘書の杉本《すぎもと》から差し出されたクリアファイルを受け取った敦彦は、中の書類を確かめた。

「結構、面倒くさいですね、債務整理の業務って…」

敦彦の担当秘書である杉本は、大手不動産会社からのこの法律事務所へ転職して五年あまり。所内でも中堅どころで、実務経験にも長《た》けている方だが、企業法務が中心の国松&パートナーズでは、多重債務者が依頼者になったのは初めてのことであった。

「利率を変えて計算し直すのに、いちいち打ち込み直さなきゃならないなんて。データでくれればいいのに…」

杉本は雑事が多すぎると言って、不満そうな顔を隠さない。

「サラ金が、そんな親切をしてくれるわけがないでしょう」

「でも、紙の無駄だし。メールに添付してくれれば無駄がないし。こっちも楽だし…」

「そう上手くはいかないってことですよ」

敦彦が苦笑すると、杉本はそれもそうですね、と頷いた。

大概の債務者は、サラ金やクレジット会社はもちろんのこと、ときには闇金などから何度も借金を重ね、自分でもどこからどれくらい借りているのか、訳が分からなくなっていることが多い。

どこから金を借りているのかだけでも聞き出し、債権者から残債務額を教えてもらうほかはないのが実情だ。大概はいわゆるグレーゾーン金利で請求されているので、今度はそれを法定金利に引き直して計算し直し、過剰に支払った分を債権者に返還してもらう。これが過払い請求である。

巷《ちまた》の多くの弁護士やら司法書士が手掛けていることもあって、割と簡単に考えていたのが仇《あだ》になった。もちろん、敦彦とて楽な仕事とは思っていない。修習時代に担当したことだってある。が、そのときは、万事心得ているベテランの秘書がいて、敦彦は、先輩弁護士の指導の下《もと》、サラ金と返還金の額を交渉するだけでよかった。今回のように、一から自分で始めるのとは違っていた。

もっとも、今回も、大量の打ち込み作業に四苦八苦していた敦彦を見かねた杉本が、入力を買って出てくれたので随分助かった。

(いろいろ聞いておいてよかった…)

ほっとする半面、存在を思い出しただけで、顔がほんのり熱くなる。

ベッドで、あんなに大胆な真似ができるとは我ながら驚きだった。そうさせたのが、耀一であることは間違いなく、相手次第でこれほど違うものだとは思いもよらなかったためか、まだ自分の肉体の変容を全部受け入れる覚悟がない。だが、耀と逢瀬を重ねていけば、確実に自分は変わるだろう、と敦彦は思った。

妊娠を気にする必要がないことと、なにより理性では抑えきれない本能を理解しあえることも手伝ってか、敦彦のような男達は、下半身事情がだらしないことが多かった。互いにその気になりさえすれば、それでいいわけで、合コンで必死になるヘテロの男達よりはだいぶ手軽である。

敦彦自身は、寝るだけの付き合いは虚しく思えてしまって、決まった相手を作るようにしてきた。

ハッテン場などでその晩の相手を探すような真似をしたことはない。ただ、どの相手とも長くは続かず、別れるたびに無力感が増した。

そんな虚しさをもう思い出せない程に今は充実している。ふんわりとなんだか空を漂っているような気分なのは、浮ついているからに他ならなかった。

そうして初めて他人に自分の恋話を語りたいという欲求を知ったのだった。

「彼氏できただろ」

「は？」

水の入ったグラスを手にしたまま固まってしまった敦彦を見て、仲野は「そんなにびっくりすんなよ」と少し笑った。

事務連絡以外でも、ごくたまにメールを寄越《よこ》してくる仲野が「美味いハンバーガー屋があるから行こう」というので、山手線沿線の駅から二十分ほど歩いた住宅街の外れにある店で、向かい合わせに座って、注文した品を待っている最中のことである。

内装はおしゃれなカフェ風だが、店内にはパテを焼くジュウジュウいう音と、いい香りが漂っていたし、メニューは各種ハンバーガーの他にはポテトやフライドチキンといったそこらへんのハンバーガーチェーン店と大して変わらないラインナップだが、特筆すべきはその値段だった。

一番安いハンバーガーでも千円以上はする。ちなみにセットではない。単品である。

とりたてて〝食通〟というわけでもない敦彦は、見間違えたかと二、三度、見直してしまったくらいだが、仲野に言わせると「この程度は普通」なのだそうだ。

バンズはなんとかという都内でも有名なパン屋がこの店のために開発した特注品、パテは国産和牛百パーセント使用で、しかもわざわざ店で挽き肉にしているらしい。いろいろな部位を絶妙のバランスで混ぜ合わせてジューシーに仕上がるように、工夫と改良を重ねた末の最高のパテなのだという。

「そこらのチェーン店と一緒にすんなよ」

ひとしきりうんちくをたれた仲野が、おごそかと言ってもいい位に言い切った。

いつもならば付き合っている彼女と食べ歩きをしているらしい仲野だが、ちゃんとしたハンバーガーは食べにくいから嫌だと断られたのだそうな。

「確かに食いにくいからな。『女同士だったら全然いいけど、彼氏の前でボタボタになるのは嫌なの！』って言うんだよ」

へぇ、と敦彦は思う。事務所の秘書嬢達を見ていると、女性は食べるのが好きな生き物だという確信がある。美味しいもののためなら、多少の労はいとわない。それが女性だ、と思っていた。

「付き合いはじめのころなんか、一緒にラーメン食うのも嫌がられたな。ラーメン屋なんかじゃなくてもっといい店に連れて行けっていう遠回しの抗議かと思ったんだけど、実はそうじゃなくて、俺の前で麺《めん》をズルズルするのが嫌なんだってさ。『鼻かんだりできない！』とか言ってたっけ」

「え〜、なんだそりゃ。普通にかめばいいだろ、鼻くらい。別に、仲野はそういうの見ても幻滅《げんめつ》したりしないんだろ」

　しないよ、と仲野が言う。

「でも、女は気にするんだってさ。こっちはもっと恥ずかしいカッコ見てんだから、目の前で鼻かまれたって、どうってことないって言ってやったら、ラーメン屋はOKになった。そう言われてみればそうか、って思ったらしい」

「あ～、寝る前と後で、いろいろ違うわけなのか」

　目の前で鼻をかむより、すっぽんぽんであれやこれやする方が余程恥ずかしいに決まっていると思うのだが、やることをやっている最中は欲望に支配されているせいで、そんなことにはまるで思いが至っていない。

　付き合いはじめのころは相手に夢を見るのと同じように、相手の夢も壊したくないという思いがある。それも付き合いが深くなるにつれ、恥じらいが減るのはごく当然のことだろう。ひどくなると、世にいう倦怠期《けんたいき》なるものに突入することになる。

「彼女、いくつ？　すごく若そうな感じするけど」

「十九。ピッチピチの女子大生」

「うわ…」

　それ犯罪だろ、と言いかけた言葉を喉の奥に押し込んだ。いやいや、自分達だってまだまだ若い。中年と呼ばれるにはあと数年かかるはずだ。

「で、おまえの方はどうなのよ?」

と話を向けられ、応えるより前に「彼氏できたんだろ」と指摘されるに至ったのである。最近、浮かれ気味なのには自分でも思うことがあって、意識して言動を抑制するようにはしていたのだが、幸せ感のようなものがはやり顔に出ていたのだろう。にやついているとまでは思わないけれど、自覚のない何かを醸し出しているのかもしれない。

耀一と出会う前には、多少なりとも話が合って、身体の相性も悪くない。そういう相手と落ち着いて付き合いたいと思うのは贅沢《ぜいたく》なのだろうかと自分を責めることもあった。石田のような男に引っかかりそうになったのは、まさにそういう落ち込み気味のときで、隙を突かれたといっても過言ではない。

だが、結果的にはラッキーだったのだ。

石田にあの店に連れて行かれなかったら、耀一とこういう関係にはなれなかったのだから。

偶然という一言で片づけてしまうのは、何となく納得がいかなかった。それを誰かに聞いてほしい、と突如思う。

その出会いは必然なのだと。会うべくして会い、こうなったのだと、頷いてもらいたくなったのだった。そして、そんな呆けた戯言《ざれごと》に頷いてくれそうな相手といったら、耀一本人の他には、一人しか思いつかなかった。敦彦の目の前でバーガーに齧《かじ》りついている旧友である。

「なんで、わかんの？」

素朴《そぼく》な疑問だった。

「見たから、三郷が男と一緒にいるとこ」

「見たって、どこで？」

「歌舞伎町」

「は？」

頓狂《とんきょう》な声を出したのは、本日二回目である。

「おまえ、あのあたり行くの？」

風俗もキャバクラも好きじゃないんじゃなかったっけ？　と疑いの眼差しを向けた。

「仲野、金払ってまで、愛のないやり取りをするやつらの気がしれない、とか言ってたよな」

「うちの兄貴、今は歌舞伎町にいるから」

言われて、ああと納得した。

同級生のなかの、ごく親しい仲間うちでも知っている人間はかなり限られている、というか、敦彦自身は、自分の他に誰が知っているのか知らないが、仲野の兄はニューハーフである。

敦彦は何度か会ったことがあるが、それはもう神々しいような美女にしか見えない。仲野よりかなり年上で、高校のころにはとっくに家を出ていたが、思春期真っただ中の弟は、兄の存在を恥ずかしいとは思っていない様子だった。

そもそも、「三郷ってもしかして女に興味持てない系？」などと聞いてきたのは仲野からである。絶句してしまった敦彦に、やっぱりなと頷いて見せたあと、心配すんなと手をひらひら振って、「うちの兄貴ニューハーフだから」とのたまったのだ。

家族で受け入れられないのは親父さんだけで、「二度と敷居を跨がせん！」などといまだに言っているらしいが、お袋さんの方は一時のパニックが治まると、息子が娘になったことをあっさり認めたらしく、今では一緒に旅行に行ったりしている、と聞いている。

そういえば、と話を続けようとしたところで、お待ちかねのハンバーガーが運ばれてきた。

白い大きな皿の真ん中に手のひらサイズのハンバーガー――バンズの間に分厚いパテ、レタス、トマト、チーズと刻んだ玉葱《たまねぎ》が挟んであり、これまた店オリジナルだという特製ソースが滴りそうなくらいかかっている――がどんと鎮座《ちんざ》して、その周りに緩んだばねのような形のフライドポテトとオニオンリングが乗せられている。

店員が、ナイフとフォークの入った小さいバスケットを置いていったのも頷ける。が、ハンバーガーは手で食うもんだろ、という擦り込みが入っている二人は、果敢《かかん》にも両手で鷲掴みにし、かぶりついた。軽く十センチはあるだろうハンバーガーに、いい年をした男二人が大口を開けて食らいつく。

歯を立てた途端に、チェーン店のハンバーガーではまず味わえない肉汁がじゅわわわっとしみだしてきた。肉汁はソースを巻き込みながらパテとレタスの間を伝い、指の間を滴り落ちる。ボタボタするから嫌だと言った仲野の彼女は、美味しいが困ったこの現象を知っていたに違いない。

しばらくは無言のまま夢中で食べ、最後の一口を放りこんでから、用意されていたおしぼりで手を拭った。紙とタオルのおしぼりが両方出てきた理由がわかる。どっちか一方では間に合わないくらい、両手がギトギトになるのだ。

どんなセレブでも、これはお上品には食えない代物《しろもの》だ、と仲野が納得したように呟いた。

手つかずだったポテトとオニオンリングは、用意してあったフォークを使って食べる。少し冷めてしまっていたが、渦巻《うずまき》状のポテトを食べるのは、仲野も初めてだったようで、こんな形のがあるんだなと言い合いながら、次々口に押し込んだ。

中は少しもっちり感じるくらい柔らかく表面はカリカリに揚げてあるポテトは、塩加減も絶妙でやたら美味い。オニオンリングは衣の内側の玉葱がとろっと甘く、たまらない食感だった。

満足して、アイスコーヒーをすすろうとしたとき、敦彦は、食べ始める前に言いかけたことを思い出した。

「お兄さん、六本木でキャバやってるんじゃなかったっけ？」

「客に金持ちがいて、歌舞伎町で兄貴に店持たせてくれたんだよ」

「へぇぇぇ」

へぇ、の半分くらいは「やっぱりな」が入っている。仲野兄には追っかけのような客が何人もついていて、ほとんどが"太客"と呼ばれる金回りのいいオッサンだという。

身体の工事費用は全部出すから戸籍《こせき》を変えて結婚してくれ、と土下座《どげざ》まがいに懇願されたことは数えきれないそうだ。

「『あっちゃんにオープンの案内状を出したら迷惑かなあ』とか悩んでたから、俺が預かってきた。時間があったら顔出してやってくれよ」

そう言って、仲野が手渡してきたのは、歌舞伎町のど真ん中にあるとあるビルの最上階に新規オープンしたニューハーフキャバクラのインビテーションカードであった。

「兄貴に出資してくれてる人がこのビル丸ごと持ってるらしいぜ。せっかくサエちゃんの店を始めるんだからできるだけキレイにしないと、とか言って、ビルの中を内装丸ごとやり直して、リニューアルオープンしたんだってよ。本当は建て替えたかったたって」

サエちゃんとは、仲野兄の源氏名である。

「え、仲野、その人に会ったことあんの？」

あるよ、と仲野はこともなげに言う。

「メタボ気味のオッサンだけど、いい人だと思う。兄貴が二丁目のショーパブにいたころからの客なんだって」

「そりゃまた年季《ねんき》の入った…」

だろ？　と仲野が頷く。

「兄貴のことすげ～好きみたいでさ。熱く語られて、ホントまいったよ。弟の俺に、そんなこと力説してどうすんだっつうの」

ぼやく仲野の言葉に悪意は全くない。言葉の通り、いい人なのだろう。

「まぁ、よかったら彼氏と行ってやってくれ。――あれだろ、三郷が付き合ってんの、高杉の壮行会に来てた、久永ってやつだろ？」

「ホント…、仲野、おまえさぁ……」

男友達の彼氏の話をこうも気負いなく話題に乗っけてくるのは、兄がニューハーフという理由だけではないような気がする。

「いや、ほら、俺、目はいいんだよ」

そんなことを言って、にかっと笑う。

「あいつ、壮行会のとき、三郷のことすっごい見てたっていうか、気にしてたっていうか。だから、見かけたときにさ、いやいや、そうですか、そうなりましたか、って感じで、なんかまぁ納得したんだけど。念のため、一応、確かめておこうと思って」

「いや、あのあとすぐにどうこうなったわけじゃないし。――今、職場同じだからさ」

「え！　アイツ、そこまでしたのか！」

驚く仲野に、交換研修のことを教えてやる。ちょっと迷ったが、例の怪しいパーティーのことは省略した。

「なんだよ、三郷を追いかけて転職したんじゃなかったか。でも、それさぁ、そういう研修制度ができたって知って、率先しておまえんとこの事務所にきたんじゃないの？　同じ職場だったら、接点増えるし。あわよくば、って思うだろ」

「そこまで、するか？」

まさか〜、と笑っていなそうとしたけれど、耀一だったらもしかしてやるかも、と思いなおす。

「俺だったら、そうするけどな。絶対」

絶対、ときたか。そう思うくらい、仲野はきっぱりと言い切った。

「っていうか、仲野、久永が、そうだって知ってたわけじゃないよな?」

「そう、って?」

「だから……」

「同じ組合の人だって?」

最近テレビなどによく出ているオネエキャラのタレントが同性愛者を指して言う「組合の人」という言い回しを仲野は口にした。

そうだと頷くと、仲野は、そんなわけないだろ、と言った。

「でも、なんとなくそうかなって思ってはいたけど。なんだろう、俺、わかるんだよな。そういうの。兄貴がいたせいだと思うけど」

「そりゃ、俺だって何となくわかることもあるけど…」

お仲間のことである。隠していても、ピンとくるものがあってバレバレだったりもした。が、耀一のことは、そうだなんて思ってもみなかったのだ。耀一も、同じだと言っていた。

「あそこで鉢合わせしてなかったら、いまだにわからなくて悶々としてたかもしれない」

と言って笑っていたが。

「まあ、なんにしろ、よかったよ。これでちょっとは落ち着きそうだし」

仲野に言われて、おいおい、と敦彦はツッコミを入れた。

「仲野に言われたくないんだけど。俺は、とっかえひっかえ遊んでないぞ」

「いや、俺だって別に遊んでるつもりはないぞ。ただ、長続きしないだけで」

それって遊んでないって言うのか？　と甚《はなは》だ疑問に思ったものの、口にするのはやめておいた。何か言っても、なんだかんだともっともらしい理由を付けてしまうのが仲野なのである。弁護士相手に言い負かそうとするとは大胆不敵《だいたんふてき》なやつだが、長い付き合いのせいか、昔からの会話のパターンが踏襲《とうしゅう》されているため、今さら矯正《きょうせい》は難しい。

「にしても、まあ、よく三郷がOK出したな」

なんのことだ、と聞き返すと、久永だよ、と返された。

「期間限定とはいえ、同じ職場の人間と付き合うなんて、今までのおまえからしたら、ない選択肢だよな。前に俺が、秘書課の女に手ぇ出そうか迷ってたとき、同じ会社揉めたときに面倒だからやめておけってアドバイスくれたの、三郷だぞ？」

「そういや、そんなこともあったな…」

てっ?」

「他人の恋愛は冷静に分析できても、自分のことになると舞い上がってテンパちゃったっ

「いや、まぁ、そういうわけじゃないんだけど」

「忘れてたのかよ」

「う～ん、――――そんな感じかなあ…」

理由はとにかくわからない。ただ、誘われたとき、拒絶するなんて考えもしなかったことだけは確かである。「俺と寝たくない?」と聞かれたとき、あんなにびっくりしていなかったら、「寝たい!」と即答していたかもしれない。感情よりも肉体の欲望の方が正直だった。

「感情が暴走したってか?　いいねぇ、青春で。もう青春とかいう年じゃないけどな」

「同い年だろ。仲野だって、青春は遥か彼方《かなた》の旧石器時代だろ」

敦彦の言葉をスルーした仲野は、まあいいんじゃないの、と真顔《まがお》で言った。

「万が一、揉め揉めに揉めたとしても、だ。うまいことやり過ごすことくらいできるだろ。なんつったって、期間限定なんだし。いずれ、離れ離れの運命だ」

「やなこと言うなぁ…」

やめてくれよ、とぼやいた敦彦に、仲野は、それが現実ってもんだろ、と返してくる。

「まあ、三郷、幸せそうだし。久永だって、そんな軽い気持ちでおまえに手ぇ出したわけじゃないだろうし」

軽い気持ちじゃないって？　と聞き返すと、高杉がいるだろ、と言われる。

「学生時代からの、悪友みたいな友達のさ、親友に、めったやたらにチョッカイかけるようなやつじゃないだろ」

「なんか、仲野って、色恋沙汰《いろこいざた》に関しては、冷静に分析するよね」

「いや、仕事でも冷静に分析してますよ？」

笑った仲野は、グラスに残ったアイスコーヒーをぐびっと飲みほした。

「揉めて職場で気まずくなることを心配するより、来年のことを考えておいた方がいいかもな、おまえらの場合は」

そんなふうに言われて、敦彦はちょっと面映ゆいような気持ちになった。

研修期間が終わって、事務所が別れても、今までと同じように付き合いは続く。なんの根拠もなかったけれど、敦彦にはそんな確信があった。

デートがしたい。

そう耀一から言われたときには、一体何を言い出すのかと思ったのだが、いざ待ち合わせとなると、ちょっと信じられないくらいにドキドキした。

週末、陽のある時間に、人の多いところで会いたい、という耀一の希望をそのまま受け入れた結果、土曜の午後、小洒落《こじゃれ》たカフェで、コーヒーを前にこうして座っているのである。待ち合わせだと言ったら、通りに面したテラス席に案内されたため、敦彦は余計に落ち着かない気分になっていた。

徒歩圏内に高級住宅地があるという土地柄か、店内は女性客と外国人客が半々くらいの割合で、店員も落ち着いた物腰の中に適度なフランクさを持って接客している。本来なら、居心地は悪くないはずで、実際、客の中には本を持ち込み、長時間居座っている常連らしい客の姿もちらほら見かけた。

それなのに、こんなに腰が落ち着かないような気分になるのは、こういう時間帯にカフェでのんびりすることなどなかったからかもしれないし、これが"デート"の待ち合わせだからかもしれない。

敦彦とて、カフェに入ったことくらいはあるが、日中なら依頼者との打ち合わせであり、プライベートで利用するとしたら大概は夜になる。そのほとんどが待ち合わせで、残業続きの敦彦が、相手を待たせるパターンが多かった。こんなふうに、相手を待つというのは、もしかしたら初めてになるかもしれない。

軽く食事をした後ホテルに向かう、というのが定番で、稀《まれ》に相手の家ということもあったけれど、とにかく百パーセントセックスで締めるのが決まりごとの、いわばお約束事項のようなものになっていたのである。

多分、今日も最終的には、敦彦の部屋か耀一の部屋に落ち着くのだろうが、そこに至るまでの時間が今日は長過ぎる。まな板の上に乗せられたまま放置されているような、いわゆるお預けの状態でいるようで、これが案外と気恥ずかしい。

それに、ちょっとドキドキする…。

仕事以外で耀一と待ち合わせをするのは久しぶりだ。あの「付き合ってくれ」と言われた特別な夜以来なのである。それに昼間に待ち合わせるのは初めてのことだ。

本当にデートみたいだ、と思う。いや、デートなのだが。

ぼんやりと思考を巡らせていると、こちらに向かって歩いて来る耀一の姿が目に入った。視線が合うと、耀一の口元が少し緩む。それを見ただけで、敦彦の秀麗な面立ちに笑みが浮かんだ。ただ咲いているだけでも美しい花が、陽の光を浴びて輝いたかのようで、否応なしに衆目を集める。入って来たときから、敦彦の方をちらちらと気にしていた近くのテーブルの客達――老若男女《ろうにゃくなんによ》を問わず――が、その表情に魅入っていた。

もっとも、敦彦自身はそんなことには全く気付かず、ひたすら恋する男の幸せに浸っていたのであるが。

「悪い。待たせたか…？」

「それほどでも…」

隣に座った耀一の体温を感じながら、敦彦は反射的に答えていた。

注文を取りに来た店員にコーヒーをオーダーしてから、失敗したかな、と耀一が呟くのを耳にして、敦彦は眉をひそめた。

「なんで？　なにかあったのか？」

耀一とミスが繋がらない敦彦は、どうかしたのかと驚くと同時に瞬間的に不安を覚えていた。

その不安げな表情に目をとめた耀一は、少しだけ顔を近づけてきて、小声で告げてくる。

「いや…、もっと人目のないところで待ち合わせをするんだったと思って」

「人の多いところがいい、そう言ったのは耀一だったろ」

敦彦が言うと、困ったような苦笑が返された。

「それはそうなんだが。他人の視線がこんなに不愉快だとは思わなかったからだよ。俺の後ろにいるやつも、向こうの一人連れも、そっちの奥で本を読んでるふりしてるやつも、みんな、おまえのことを見てる」

すごくむかつく、と言いながら、耀一は双眸《そうぼう》を険しくする。

バカなことを言う、と一笑に付《ふ》すつもりだった敦彦だが、こっそりと周囲を見回してみて、確かにちらちらこちらを窺う視線があることに気付いた。

「それ、俺じゃなくて、耀一のことを見てるんじゃないのか」

妙齢《みょうれい》の女性達がときどきこっちをこっそりと見てきて、くすくす笑いながら小声で会話をしている。ついさっき店内からテラスへの入り口に耀一の姿を見つけたとき、敦彦の耳に「あの人カッコイイ～」という女性の声が風に乗って聞こえてきたのだ。それが聞こえたとき、敦彦は、何ともいえずいや～な心持ちになった。

不機嫌な顔つきになった敦彦を見つめ、耀一は、くすりと笑みを漏らす。

「なに、嫉妬《しっと》？」

小声で聞いて来る耀一は、ひどく楽しそうな目つきになっている。おまえが言うか？　と切り返そうかとも思ったが、嬉しげな耀一を見ると、どうでもよくなってしまった。

こんな人目の多いところで、昼日中から男同士で見つめ合うなど、あまりにもあからさまでマズイような気がするのと、やはりちょっと気恥ずかしいのとで、敦彦は、つと視線をそらした。これ以上、顔を覗きこまれていたら、頬が朱に染まって、余計衆目を集めそうな気がする。

こういう場所で待ち合わせたのは、耀一の言ったとおり失敗だったかもしれないと思っていると、不意に名前を呼ばれて、反射的に声がした方に顔を向けた。

「やっぱり三郷先生！　今日もお仕事？　じゃないわよね…」

少し離れたテーブルを立った女性がにこにこしながら話しかけてくる。ラグジュアリーな服装のなかなかの美人だ。一見アラフォーに見える彼女が、実はすでに五十代に入っていることを敦彦は知っている。体型と容貌を維持《いじ》しているのは、自己満足ではなくビジネスのためだということも。

「植村《うえむら》さん。ご無沙汰しています」

「ええ、本当ね。先生にお会いできなくて寂しいけれど、本当ならその方がいいのよね。何事もないってことですもの。実際は、そうもいかないのだけれど」

女性は言ったあとで、耀一の方をちらりと見やった。紹介してほしいと無言で促されて、敦彦は思わず苦笑を浮かべていた。

「同僚ですよ。同じ事務所の久永先生です」

　敦彦が紹介すると、植村は手にしていたバッグから名刺を取り出して、耀一へと差し出した。

「植村と申します。三郷先生には随分とお世話になっておりますの」

　怪訝《けげん》そうな顔で敦彦と植村のやり取りを眺めていた耀一は、即座に営業スマイルを浮かべる。その表面的な笑みに好感を持つ女性の依頼者が多いことを、敦彦は日頃からあまり面白く思っていなかった。口に出して言いはしなかったけれど。

「久永です。今日は休みだったものですから、あいにく名刺を持ち合わせておりませんで」

　暗に邪魔をするなと釘を刺したようだったが、見た目はそれなりに若く見えても、中身は立派なオバサンである植村には、さっさとスルーされる。

「いえいえ、お気になさらないで」

　にこやかに耀一に返してから、深刻そうな表情を作って敦彦の方に向けてくる。その顔つきを見て、敦彦は、ああ仕事だな、と即座にわかった。

「ちょうどよかったわ。実は、新しい店舗のことで、ちょっと相談に乗って頂きたいことがあるんですけど、来週あたりお時間頂けそうかしら？」

「今日はちょっと手帳を持ってきていないので、スケジュールの確認ができませんが…。週明けにでもメールします。それでよろしいでしょうか」

「そう？　ありがとうございます。ちょっと、本当に参っちゃってて。また先生に助けて頂きたいの」

「ええ、もちろんです。できる限りお力になりますよ、植村さん」

敦彦は最上級の営業スマイルを浮かべた。

植村は、美容院やエステ、ネイルサロンなど美容系の事業を手広く展開する企業を経営しており、敦彦が担当する顧客のなかでも指折りの上客なのである。

報酬自体は事務所に入るが、一定の割合が歩合として敦彦の給与に上乗せされる。植村は太っ腹で金払いがいい上、ヒステリーを起こしたり細かい注文をつけてくるようなことはしない、非常にいいお得意さまなのであった。さらに言えば、接待と称して敦彦や上役のパートナー弁護士を食事に度々招待してくれ、セクハラまがいの誘いは決して掛けてこない、有難い女性なのである。

随分前に本人がぽろりともらした弁によれば、「三郷先生の遠い親戚のオバサンな気持ち」なのだそうで、「可愛い甥にオイシイ仕事をたくさん運んできたい」らしい。事実、実業家仲間を紹介してくれたことも度々あり、彼らの多くは植村同様「良い顧客」になってくれていた。

　難を言えば、植村とその友人である実業家たちは、敦彦に事あるごとに独立をすすめ、顧問契約はもちろんのこと、「事務所を構えるなら援助する」「いくらでも必要なだけ出資する」などと言い、なかでも、際熱心な不動産経営者の初老男性は、「開所祝いに持ちビルの一室を事務所としてプレゼントする」と言い出してきて、さすがに敦彦を慌てさせた。

　どの申し出も有難いのだが、ときどき本当に困惑させられることがあり、それさえなければパーフェクトなのに、と贅沢な悩みをくれる依頼者たちなのであった。

　それじゃあ来週ね、とにこやかに微笑んで植村が去っていくと、周囲の女性達の視線を一身に惹きつけていた耀一の表情が般若《はんにゃ》のようなものに変わった。あたりの空気が一気に凍りつく。敦彦達のテーブルをこっそり窺っていた客達は、一斉に視線をそらした。

　植村が立ち去るのを待っていたかのように運ばれてきたコーヒーに申し訳程度に口を付けると、耀一はさっと立ちあがった。

「行くぞ」

「え？」

　敦彦の返事も待たずに伝票を取り上げた耀一が、さっさと会計を済ませて店を出ていく。そのあとを、敦彦は慌てて追った。

車で来たという耀一が先に立って歩いて行くのを、早歩きで付いていく。もともと多少とはいえ身長差があるから、歩幅も違ってくる。おまけに機嫌の悪いときの耀一は、早歩きになるようで、付いていくのに小走りになった。

「なに、怒ってんだよ」

仕事の上で難しい顔をしているのを見たことはあるが、不機嫌さをこれほどあらわにされたことはなかった敦彦は、戸惑いつつも問いかけずにはいられない。

予期せぬ植村の出現と、それに対する敦彦の態度に腹を立てたのだろうことくらいは想像がつくが、なんだか理不尽だと思ってしまう。植村は偶然あの店にいただけだし、敦彦が呼び寄せたわけでもない。

この付近の道路は、休日はパーキングになる。路肩にずらりと駐車された車列は、場所柄か高級輸入車だらけだった。ベンツやジャガーが多いなかで目立っているポルシェに耀一が寄って行く。

兄が乗らなくなったのを譲ってもらったのだと言っていたが、燃費《ねんぴ》が悪いとぼやいていたのを思い出した。

事務所で使っている、いわゆる社用車は、幹部用のベンツを除けば全て国産のハイブリッド車であった。裁判所に社用車で一緒に行ったときに、いい加減に買い替えたいのだと言っていたが、忙しいせいで未《いま》だに果たせていないらしい。

促されるままに助手席に乗り込むと、耀一は車を出した。重苦しい雰囲気に耐えきれなくなって景色に目をやっていると、耀一が口を開いた。

「あの女は、いつもあんなに馴れ馴れしいのか」

やはり植村が気に入らなかったらしい。確かにプライベートの席に乗り込んできて仕事の話をするのは気遣いがないような気もするが、馴れ馴れしいとまではいえないのに、と敦彦は思う。

「気さくな人なんだよ。うるさいことを言わないし、報酬をはずんでくれて、同じようなお得意様を何人も紹介して下さる、いいお客さまだけど、素晴らしいことにお節介じゃない」

敦彦が独身で決まった恋人…もちろん女性の…がいないと知ると、すぐに見合いをセッティングしようとする客もいるなか、植村がその手のお節介を申し出たことは一度もない。

植村は実業家仲間にもそれを禁じているらしく、仲人《なこうど》を趣味にしているらしい老舗《しにせ》の佃煮屋《つくだにや》の社長が落胆した様子で、敦彦本人に向かって愚痴ったこともあるくらいだ。

もっとも、植村に含みがあってのことではなく、自分が親や親類から散々結婚をせかされた末に見合い結婚で失敗したという苦い経験に基づいてのものらしい。自分が嫌なことは人にはしない。それがスタンスなの、とさらりと言ってのけた植村を、密かに尊敬もしていた。

敦彦にしてみれば、こんなにいい客は滅多にいない、と思うほどの上客中の上客なのである。

「ホストか何かと勘違いしてるとしか思えないけどな」

「どうせ俺の取柄《とりえ》は顔くらいだよ」

「そんなこと言ってないだろ!」

拗《す》ねた物言いに、怒ったような声がかぶさった。思わず黙り込んだ敦彦の耳に、「悪い」と小さく囁くような謝罪が聞こえてくる。

車を止めろと言いたいのを、敦彦はぐっと堪えていた。この険悪な気配のまま車を降りたら、多分、週明けまで携帯の電源を切って音信不通にするという自覚がある。だが、それをやるのはまずいこともわかっていた。

「ホント、ごめん」

車を路肩に寄せて止めてから、耀一がもう一度謝ってくる。どうやら公園の脇らしく、緑の狭間から子供の姿が見え隠れしていた。日は落ちかけていて、オレンジ色の光がまぶしいくらいに車内に注いでいる。

「ただの客だってわかってはいるけれど、あんまり自然に声掛けてくるもんだから、ちょっと腹が立ったんだよ。週末の敦彦は俺だけのものなのに、って思いこんでたせいもあるけどな…」

ハンドルを握った腕に額を付けて吐き出すように言った耀一の横顔は、少し疲れているように見えた。

「それって、妬《や》いた…とか？」

まさかな、と思いながらも口に出すと、耀一の肩がピクリと動いた。

ウソ…、と敦彦は思わず呟いてしまう。不機嫌さを隠せない耀一を目の当たりにして、初めて会う人間のように思えた。

「だって…、客だよ？　というより、そもそも、あの人、女だろう」

世間でどれほど美人だと言われていようが、敦彦には女性は恋愛対象外だ。それは耀一だとて、よくよくわかっているはずだろうと言う。が、返ってきた答えは予想外のものだった。

「男でも、女でも、おまえと親しくするやつは気に入らない。仕事なら仕方がないが、そうじゃなければ、嫌なんだ。敦彦に馴れ馴れしくしたり、触ったりするなんて、ケンカ売られてるのと同じだ」

　フロントガラスを睨みつけるような顔で耀一が言いきる。その言いように、敦彦は呆気《あっけ》に取られて言葉が出ない。

「それなら、あんな所で待ち合わせなんかするなって言いたいんだろう。俺だって、失敗したと思ったさ。でも、真っ昼間にこれ見よがしなシチュエーションで会いたかったんだよ。矛盾するのは百も承知で言わせてもらうが、見せびらかしたいって気持ちがあるのは否定しない。おまえは、俺のものだって、世の中のやつらに教えてやりたい」

「っ……」

　俺は耀一のものだよ、とでも微笑みながら言えたらいいのだろうが、とてもじゃないがそんな余裕はなかった。頬が熱をもったように火照ったのを感じ、ああ赤くなっているんだなと思うのが精一杯だ。

　黙りこくっていると、耀一が視線を向けてくる。その眼差しの真剣さと、熱っぽさで、何をしたいのか、言われるまでもなかった。目の前の道路を子供達がはしゃぎながら駆けて行かなかったら、不埒な振る舞いに及んでいただろう。

　小さな姿とはしゃぎ声が遠ざかって行ってから、耀一が顔を寄せてくる。人に見られるかも、と止めたのはほんの真似ごとにしか過ぎないことは、耀一にもお見通しだったに違いない。

「キスだけ」

そう言うと、すぐに唇を重ねてくる。舌を絡ませてから、唇を吸い、ゆっくりと離された。ちゅっと小さく交接音がしたのが、ちょっと恥ずかしい。だが、軽いキスだけで、敦彦の肉体には小さな焔《ほむら》が立ち始めていた。

「食事するつもりだったけど…、このまま俺のうちに行ってもいいか？」

問われて、敦彦は首を振った。

「なら、うちの方が近い…」

我慢できない、と小さく呟くと、耀一の目が驚いたように見開かれ、すぐに喜色混じりの淫蕩《いんとう》な気配を帯びる。

はやる気持ちを抑え辿りついた自宅だが、もどかしさが募《つの》り過ぎて、解錠する手が震えそうなほどだった。

蹴るようにして靴を脱ぎ捨てると、シャワーも浴びずベッドにもつれ合うようにして倒れ込んだ。

望んだ以上に淫蕩な愛撫を仕掛けられ、敦彦はシーツの上で身悶え、すすり泣いて、悋《りん》気《き》をくすぶらせていた耀一をすっかり満足させたのだった。

隣に寝そべったままでいると、耀一の悪戯な手に際限なく惑わされそうで、敦彦は息が整うと早々にベッドを出る。一糸《いっし》まとわぬ後姿を視姦されているのは感じていたが、振り切るようにして浴室へこもった。

どろどろになった身体を熱い湯で洗い流した敦彦は、腰にタオルを巻き付けただけの姿で寝室に戻った。ベッドに寝転がったままの耀一が、それを見て、やに下がったような顔つきになる。おいでと伸ばされた腕に抱きしめられ、もう一度コットンケットの下に引っ張り込まれた。

まだ湿っている肌を熱い手の平が弄ってくる。

「ちょ…ちょっと、待てって」

「いやだ」

汗や体液と違い、シャワーの熱い湯では欲情までは流しきれない。耀一に求められるままにいくらでも応えてしまいそうな気すらする。

仰向けでシーツに横たわった上から、耀一が覗きこんでくる。その眼差しに淫猥なものが根強く残っているのを見て、敦彦はさすがにまずいんじゃないかと思いはじめていた。

二人してこれでは、歯止めが利かないまま月曜の朝まで延々と睦み合ってしまうかもしれない。週の初めから身体がだるいのもどうかと思うが、腰が痛くて起き上がれないような事態は避けなければならない。

「ちょっと待って、休ませて。――頼むから…」

お願いだから、と視線に込めると、耀一も立て続けはまずいと思ったようだ。弄っていた手をどけ、身体を起こした。

「シャワー浴びてくる」

「タオル出してあるから」

浴室に向かう背中を見送って、敦彦も身体を起こした。クローゼットから適当に服を引っ張り出して身につける。

耀一にも何か着替えを、と少し大きめのTシャツを出した。さすがにボトムはサイズが違うから無理だろうと躊躇したが、緩めのスウェットならなんとかなるかも、と思い直し、それも出しておく。

服はこだわる方だが数は買わないので、クローゼットの中はスペースに余裕があった。耀一が自分のものを持ち込んでも、楽に収納できるだろう。

付き合った相手の私物を置くなど、今までならあり得ないことだった。敦彦がそれを許さなかったからだ。私生活に踏み込まれるようで、そこまで思いきれなかったし、入り浸られるのも嫌だった。

そんな自分が、クローゼットのスペースを提供しようとまでしている。本当なら驚くべきなのだろうし、戸惑っていいはずなのだが、今はなんとなしに口元がにやけてしまうのだ。

なにこれ、半同棲ってやつ…？　そう思ったとたんに顔がかっと熱くなった。合い鍵だってまだ渡していないのに、なに一人で赤面してるんだか、と自分で自分を窘《たしな》める。

サイドテーブルの引き出しを開けると、目的のものはすぐに見つかった。この部屋の合い鍵である。

いざ手にとってみてから、浮かれていた気分が急にしぼんだ。

（重い…とか、思われたら）

合い鍵は、気軽な気持ちで渡すものではない。それなりに意味がある。なんといってもプライベート空間への出入りが自由になるのだ。隠し事もしにくくなる。自分の一部を明け渡すようなものだ。

どうしようか…。逡巡していると、不意に声をかけられた。

「悪い、着るもの貸してくれ。なんでもいいから」

振り返ると、バスタオルを腰に巻いただけの耀一が立っている。鍛《きた》えているというほどではないものの、適度に筋肉の乗った引き締まった裸体に、ついさっきまで組み敷かれていたのだと思うと、みぞおちのあたりに熱が溜まってきそうだった。

「えっ、ああ、これ…」

見惚れていたのを誤魔化すように、出してあったTシャツとスウェットを掴んだ拍子に、持っていた鍵を取り落としてしまった。フローリングの床に、硬質な金属音が鈍く響く。

「はい、これ。サイズ合わないかもしれないけど」

そんなことを言いながら、衣類を押しつけるように渡した。ついでというそぶりで鍵を拾おうとしたが、耀一の目から逃れることはできなかった。

一瞬早く、耀一の手に奪われる。途端にみぞおちに冷たいものが落ちてきたような感覚に襲われた。兆《きざ》しかけていた熱が嘘のように引いていった。

「これ、ここの鍵?」

「うん、そう。ここの鍵」

なんでもないことのように、軽い感じで返事をして鍵を受け取ろうとしたが、さっと耀一の手が引っ込められる。

「俺にくれるつもりだったんだろ?」

違うとは言わせない、と自信満々の顔つきで言い切られては、頷くしかない。そもそもが、そのつもりだったのだし、否定するのは馬鹿げていた。

「そうだけど…。ちょっと迷ってた」

耀一の表情があまりにしたり顔だったので、何だか悔しくなり、素直に持っていてほしいとは言えなくなる。

「マジで…？」

それまでレアアイテムをゲットした子供のように得意げにしていた耀一が、瞬間的に顔を強張らせた。嬉しくてはしゃいでいたら、突然冷や水を浴びせられたような気がするのだろう。

それを目の当たりにした敦彦のなかに、一気に幸福感が湧いてきた。ああ、俺やっぱり好かれているんだ、と自覚した瞬間でもあった。

別に耀一の気持ちを疑っていたわけではない。付き合いたいと言ってくれたのだし、肉体的にも満足しすぎるほどに愛されている。

だが、どうしても、信じ切れないでいたのだ。耀一の中の自分の存在の意味を。

もう返さないとでもいうように、耀一が手にした鍵を握りしめ、さりげなく背中の方へ隠そうとする様子を見て、安堵感で気が緩んでいた敦彦は、つい吹き出してしまった。

「別に、返してなんて言わないよ」

「言われたって、返さないぞ」

むっとした顔つきになった耀一に、さりげなく近寄って行く。目の前に立ち、身長差があるせいで、少しだけ見上げるようになる位置からじっと見つめる。

途端にうろたえたような表情になったのが、可愛いと思った。さっき唐突《とうとつ》に湧いた幸福感が、今度はじんわりと四肢《しし》に広がって行く。

「重いと思われそうだなって思って、ちょっと迷ったんだけど…」

「重くない！」

鋭い口調で言い返してきた耀一だが、声が荒くなったことをすぐにまずいと思ったらしく、しまったと言いたげに顔を歪めた。

「いや、なんていうか…、鍵は重いけど、気持ちは重くないっていうか…」

「鍵が？」

掌におさまるような代物が重いわけがないだろうと言おうとして、敦彦は口をつぐんでしまった。耀一があまりにも真剣な表情をしていたからだ。

背に隠していた手を胸元に持ってくると、大事そうに掌を握りしめている。ほんの一瞬だけ目を閉じた様子は、手にした幸運を噛みしめてでもいるようだ。

衝動的に顔を寄せた敦彦は、耀一の首に腕を巻き付けて頬に唇を押し付けていた。

唇が離れたか否かの瞬間に、力強い両腕が腰にきつく巻きついてくる。同時に耀一の唇が首筋に押し当てられ、舌先で柔らかい皮膚《ひふ》を舐めまわされた。

「ちょ…ちょっと！」

首に回していた腕を解いて肩を押しやって止めさせようとしたが、耀一はびくともしない。もともとウェイトは違うから、ちょっとやそっと押した程度では押しのけられるとは思っていないが、待ったをかけていることを気付いてほしい。

腰からスライドした手で、デニム地の上から尻をぐっと掴まれると、これはもう本気で止めにかからないとマズイことになると、焦りはじめた。

「何か着ないと風邪ひくよ」

「敦彦も脱ごう」

「脱がない！」

思わず強く否定したら、ひどく悲しそうな眼をした耀一に見つめられた。

「いや？」

敦彦だって、やりたい。身体がついて行けさえするのなら、だが。

「…そんなわけないだろ」

そう言った途端に、耀一の腕に力が入るのがわかり、ベッドのある方へ身体が傾けられそうになる。

「じゃあ、やろう」

耀一がにんまり笑った瞬間、敦彦の視界がひっくり返った。押し倒されたベッドの上で、背中がばふんと軽く跳ねる。

「……！」

覆いかぶさってきた身体を押しのけようとして、敦彦はふと手を止めた。下手に抵抗すると、余計に煽ることになりかねない。そうなったら、月曜の朝にはまず間違いなく腰が立たなくなっているだろう。

まくりあげられたシャツの隙間から入り込んできた熱い手の平に素肌を弄られるままにしながら、敦彦は流される前に手を打とうと、脳内をフル回転させた。ここは、現実的な話を持ち出して、気を削《そ》ぐしかない。それは、あからさまにぶつけられる情欲に流されそうになる自分を戒める枷《かせ》にもなった。

「例の麻布《あざぶ》のサブリース物件の件だけど」

「…うん」

完全な生返事が返ってくる。耀一の耳は言葉を拾っているようだが、脳には届いていないようだ。

「補償金の返還交渉って、どうなったか話したっけ？」

「――――別物件の売却資金で返還するって…」

「決済《けっさい》がいつになったか、言ったっけ？」

「ん……、月曜――――」

「俺、立ち会うんだよね。向井先生が出張でいないから、代理で……」

「うん…」

「最近向こうも代理人立ててきてさ。――――耀一の知り合いじゃないのかな？　楡井《にれい》先生っていうんだけど、久永事務所の人なんだよねぇ…」

「んん――――楡井…？」

途端に、耀一がガバッと起き上がる。呆気にとられたような顔をして、まじまじと敦彦を見つめてくる。

「マジでか……？」

「うん、マジで。楡井紗和了《さわこ》先生って、知り合いだろ？　どういう人？　手強《てごわ》そう？」

「手強いも何も…」

がくんと耀一の肩が落ちた。

「姉貴だ、それ」

「ええ――――っ！」

驚くのは敦彦の番であった。

姉の名前を聞かされて、一気に気が削がれたらしい耀一と二人、ベッドの上に向き合って座りこんだ。

「結婚して名字変わったんだ。ちなみに旦那《だんな》も弁護士で、うちの事務所にいる」

「へぇ…、ホントに弁護士一家なんだなぁ…」

「感心してる場合かよ。姉貴は、相手にしたら、ホントにやりにくいぞ。俺が言うのもなんだけど、結構えげつない手も使うし。ちょっとでも隙を見せたら、そこから徹底的に畳み込んでくるから気をつけないと、マジでやばいぞ」

「う～わ～…」

敦彦は思わず頭を抱えていた。耀一がそこまで言うからには、相当やり手なのだろう。

「なんかいい手ない？　――――って言っても、大丈夫か…。単に決済の場に立ち会うだけだし。決済さえ無事に終われば、どうってことないもんな」

「無事に終われば、な…」

「やなこというなよ～…」

自問自答《じもんじとう》で納得しかけた途端に茶々を入れられて思わず睨むと、にやっとした笑みが返ってきた。

「まぁ、無事に終わるよ。――――終わるように祈るしかない…」

「耀一ぃ～…」

「大丈夫。なんとかなるって」

言うなり、耀一に抱きしめられる。情欲の熾火が消えてしまったせいか、腕の中が心地よく感じられた。

「いじめられたら言えよ。姉貴に仕返しすると倍返しで帰ってくるから厄介だけど、文句くらいは言ってやる」

「文句くらいなら自分で言うよ」

大丈夫と微笑を浮かべると、耀一もほっとしたような表情になった。

「今日はもう何もしないから」

自分で言っててもスケベオヤジのような台詞だ、と苦笑しながら、耀一が顔を覗き込んでくる。

「一緒に寝てくれ」

その願いに、いいよと応じた敦彦だったが、条件を付け加えるのは忘れなかった。

「パジャマを着て、なら」

「下着はつけるから」

「それじゃダメ」

「じゃ、下だけ」

「上も出しておいたから。ほら、Tシャツ。俺のじゃ気に入らない？」

「そんなことない。けど…」

全裸で抱き合いながら眠りたいのに、という耀一の希望はわかるし、敦彦だとてそうしたいのは山々だが…。

（マッパは、危険だろ…）

裸で身を寄せ合う気持ち良さを知ってしまっているだけに、それでとどめておけない可能性が高いことも十分に承知している。簡単には妥協できない。

結局、Tシャツのサイズが合わないという主張を通し、耀一は下着にスウェットのパンツだけ、上半身は何も着ないという半裸で、だが敦彦は頑迷《がんめい》にパジャマを上下着こんで眠ることになった。

それでも耀一は、未練気に敦彦の腰のあたりに手の平を彷徨《さまよ》わせていたが、咎めるような視線を感じたのか、渋々といったふうに諦めたようだった。

そんな戯《たわむ》れがくすぐったく、心地よくもあって、敦彦をとろとろとした眠りに誘いこんでいった。

決済が行われるメガバンクの支店に敦彦が着いたのは、指定された時間の十分ほど前だった。奥の応接室へと通じる廊下を案内されながら、密かに欠伸《あくび》を噛み殺す。

結局、あのあと夜中に目が覚めて、もう一度してしまったのだ。互いに自制したせいか激しくはなかったが、スローペースのセックスは妙に気持ちがよく、やけにじっくりと取り組んでしまったのである。

気が昂ぶって肉欲に突き動かされるようにして絡み合うのとは違い、相手の呼吸まで感じ取れそうな気配の近さと、見つめ合いながら感じていく気恥ずかしさと親密感の極まりは、ひどく新鮮だった。

もう少しでイクという、寸前の時間がやたら長かったせいか、ずっと感じていたような気がする。お陰であれほど自制していたのに、すっかり寝不足になってしまった。

だが、気を緩めてはいられない。

欠伸を指摘されたら、明け方まで弟さんと一緒だったので、くらい言ってやれと、耀一から妙なアドバイスまでされていた。

弟に「女傑《じょけつ》」と評されるだけあって、姉である楡井弁護士はかなりさばけた女性らしい。いつまでもフラフラ遊んでいるのはよくないと、知人の男性を紹介しようとしたことすらあったという。その時は、首に鈴を付けられるのはゴメンだと逃げたら、激怒されたと耀一は渋い顔をしていた。

「姉貴はさ、俺がなにも言わなくたって、何もかもお見通しって顔してるし、実際そうなんだよな」

耀一にそうまで言わせる存在に、敦彦は気押《けお》されないようにすることを肝に銘じた。

だが、そんな懸念《けねん》は杞憂だったかのように、決済は滞りなく進んだ。

顔合わせの際の名刺交換でも、楡井弁護士は眉一つ動かさなかったことからしても、耀一とのことはなにも気付いていないのだろう。勘が鋭いらしいが、家を出て一人暮らしをしている上に、今は別の職場にいる実弟のことなど、いちいち気にとめているとも思えない。

何か知っていたとしても、こうした場で持ち出すわけもないのだが。

緊張していたのが馬鹿馬鹿しくなるほど、あまりにもすんなり終わったので、逆に何か見落としでもあるのではないかと疑いたくなるほどだった。

事務所名義の代表口座に入金を確認してから、契約書を取り交わし、思わずこぼれそうになった安堵の溜息を、敦彦はうまく隠せたと思う。

銀行を出てから、携帯を取り出し、まず依頼者に報告の電話を入れ、それから事務所へもかけた。

「ええ、今無事に終わりました。向井先生は？　――――ああ、そうですか。それなら伝えておいて下さい。――――そうですね。軽く食事をして、打ち合わせまでには戻るようにしますから。――――ええ、よろしく…」

電話を切ると、敦彦は軽く辺りを見回した。この辺りにはあまり来たことがなく、土地勘がない。ちょうど昼時だし、とりあえず地下鉄の駅の方まで戻れば、どこかで食事くらいできるだろうと漠然《ばくぜん》と考えて歩きはじめたとき、近付いてきた足音がすぐ後ろで止まったのが聞こえた。

振り返ると、同じように銀行を出てきた楡井弁護士が、にこやかに微笑んでいる。

「楡井先生…」

「よろしければ、少しお時間頂けます？」

予想だにしない申し出に、敦彦は思わず言葉を失っていた。


「お疲れさん…」

打ち合わせを終えて席に戻ると、待ち構えていたように耀一がパーティションの上から顔をのぞかせた。

「決済、無事に済んだんだってな」

「お陰さまで…」

答えると、さりげなくあたりを確認した耀一が、ブースの中に入ってくる。

「――意地悪されなかったか?」

誰に、かは聞くまでもない。耀一の姉である榆井弁護士だ。

「意地悪は、されなかった」

「――何か他のことはされたのか…?」

言外《げんがい》の意味をきっちりとらえた耀一が、何を予想したのか、頬をひきつらせた。

「別に…。一緒に昼飯食っただけ」

「昼飯？」

いくら一仕事終えた後だとはいえ、相手方の代理人弁護士と揃って食事をしたなどという話は、敦彦だとて聞いたこともない。たとえ以前からの顔見知りだったとしても、訴訟でも訴訟外でも、対峙《たいじ》している関係であるならば、親しげには振舞わないよう気をつけるくらいだ。依頼人に痛くもない腹を探られ、相手方と慣れ合っていたのではないかなどと疑念を抱かれるのを防ぐためでもある。

「マジかよ…」

それを重々承知しているはずの姉が、敦彦と食事をしたなどとはにわかには信じられないのだろう。

「まさか、おまえから誘ったわけじゃないよな？」

その問いには、まさか！　と返しながら、敦彦は不意にこのやり取りが楽しくなってきた。耀一が動揺しているらしいのが、わかってしまったからである。

「――姉貴、何か言ってたか？」

「言ってたよ」

途端に、耀一の頬が微かにピクリと動いた。

（なんだ…。ホントに、お姉さんに頭が上がらない感じだな…）

シスコンというわけではなく、子供のころからの力関係が大人になった今も影響しているらしい。耀一が子供のころにオイタを叱《しか》っていたのは私、だと言っていた楡井弁護士の笑みを思い出した。

「『愚弟がご迷惑をおかけしているでしょうが、どうかよろしく』って。さすがにしっかりした、いいお姉さんだね」

「そっ…それだけ？」

「まぁ、大まかなところは…」

「大まかなところ、は？」

耀一はひどく複雑な顔つきになっている。姉が本当に世間話程度で終えたのか、それとも盛大に暴露話をしたのか、知りたくてたまらないのだろう。

だが、今は仕事中だ。打ち合わせを装ってにしても、無駄話をするには限界がある。

「あとで、ゆっくり聞かせてもらうからな」

残業は極力しない方向で、と言い置いて、不承不承耀一がブースから出て行こうとしたとき、予定を思い出した敦彦は、慌てて呼びとめた。

「ごめん、俺、ちょっと予定あるんだけど…」

「え…、なに？　約束？」

「知り合いが歌舞伎町で店、始めたんだ。その開店祝いにちょっと顔出そうと思ってて」

「店って？　飲み屋？」

「いや……、キャバクラなんだけど。それも、ちょっと特殊な…」

特殊な、に意味深なニュアンスを込めると、すぐに見た目は女性にしか見えない、元もしくは今も男性が接客する店だと伝わったようだ。

「それなら、俺も一緒に行く」

そんなところに一人で行かせられるか、とぶつぶつ呟いている。

「それじゃ、あとでな」

今度こそブースから出ていく耀一の背を見送る敦彦の口元は、思わず緩んでいた。

仕事を終えたあと、とりあえずはということになり、洋食屋で腹ごしらえをしたのだが、話題はどうしても耀一の姉のことになった。

家族には性癖について話してあるので、親や親類も結婚しろなどとやいのやいの言ってくることはない、と耀一から聞かされていたが、それだけに耀一の姉との会食は緊張した。楡井弁護士がどこまで何を知っているのかわからなかった。そのため、単なる一同僚として振舞おうとしたものの、不自然にならないようにしようとしたのだが、これがなかなか難しかったのである。

「弟を心配するしっかり者の姉って感じで、いろいろ聞かれたけど、ちゃんと褒《ほ》めて持ち上げておいたから」

信用されてないの？　と水を向けると、耀一は鍋焼きビーフシチューを口に運ぼうとしていたのを止め、嫌そうな顔をした。

「私生活はともかく、仕事面はそれなり…だと思ってたんだけどなぁ…。まぁ、姉貴には大概見透かされてるっていうか、性格を見切られているっていうか…」

「要は、頭が上がらないと…」

「そんなことない！」

そう意気込んで否定した耀一だったが、すぐに何か思い出したらしく、ばつが悪そうな顔つきになった。

「…っていうか、ないこともないけど。――みっともないだろ。いい年して、姉貴に頭が上がらないなんてさ」

「そう？　俺は、兄弟いないから、ちょっと羨ましいけどな。微笑ましい感じがするし」

「そんなのほほんとしたもんじゃないぞ。マジで、厳しいから。うちの姉貴は…俺のこと、グーで殴ったりするんだぞ」

普通、女は平手だろ、と耀一はぶつぶつ文句を言っている。

「文句言うの、そこ？　殴られるの、前提なんだ…」

この力関係は、子供のころから構築されてきたのだろう。三つ子の魂百までとはよく言ったものだと敦彦は内心で感心してしまう。

「それより、今日行く知り合いの店って、あれだろ？　キャバ嬢が全員ニューハーフっていう…」

「そうだよ。高校のときの同級生のお兄さんが、ママやってる。前は普通のキャバクラにいたこともあったんだけど、ようやく独立して自分で店持てるようになったんだってさ」

「そりゃすごい…。っていうか、敦彦、まさか、その同級生って、元カレとか言わないよな？」

「冗談だろ。仲野はストレートだよ。今の彼女なんか女子大生だぞ？　根っからの女好きだよ」

「仲野？　――――なんか、聞いたことあるような…」

「あれだよ、高杉の壮行会で会ったんだろ。仲野、幹事だったから」

敦彦が言うと、耀一は瞬時に思いだしたようだ。あ～っ！　と吃驚《びっくり》したような顔をしている。

「あいつかぁ…。思い出した！　――――っていうことは…」

「俺らのこと知ってるよ。言っておくけど、俺がバラしたわけじゃないから。そもそも勘付かれてたし。想定内だ、みたいな感じで言い当てられたし…」

「侮《あなど》れないな…」

「侮れないんだよ、ホントに…」

敦彦は、大きく頷いた。店のインビテーションカードを渡されたとき、仲野は、耀一を誘うように水を向けたことで、暗に兄のことを話してもいいとサインを出してくれたのだ。

「まぁ、とにかく、行ってみようぜ」

面白そうだ、とにやりと笑った耀一に、敦彦も同じように笑みを返した。

「きゃ〜、あっちゃん、久しぶりね〜」

二丁目のニューハーフキャバクラ『クラブシンディ』に足を踏み入れた途端、仲野兄こと源氏名サエちゃんが飛びついてきた。

緩いウェーブがかかった茶髪をうず高く結いあげて目いっぱい盛っており、豊満な胸元の谷間がはっきりわかる裾《すそ》の長いドレスという、まさにキャバ嬢の正装姿の仲野兄は、どこからどう見ても妙齢の美女にしか見えない。

「ご無沙汰してます」

敦彦が丁寧に頭を下げると、「や〜ん、他人行儀《たにんぎょうぎ》はやめてよぅ」と言って細い腰をくねらせた。

「このあいだは、お花贈ってくれてありがとね〜。アキラですら、そんなことしてくれなかったのにぃ」

店を持ったと聞いた手前、何もしないわけにはいかないだろうと、某有名生花店から番大きな胡蝶蘭《こちょうらん》の鉢植えを送ってあった。いかにも水商売の開店祝いになりそうな仰々《ぎょうぎょう》しいくらいの鉢植えだったが、店内を見回せば、似たような大きな蘭の鉢植えがそこらじゅうに置いてある。

フロアは広く、席数も多い。それなのに、八割方は埋まっており、あちこちでハスキーな歓声があがっていた。キャバクラと謳《うた》うだけあって、店にいるニューハーフ達は、そこらを歩いている女性よりも綺麗で色っぽい。

職業柄、接待されることがないわけではなかったが、こういった店を好んで使うような依頼者がいなかったせいで、二人とも実のところキャバクラは初体験である。

女性には興味は全くもてないし、書類上は男でも姿形が女性ではその気にはなれないが、世の中を二つに大別するとしたら広い意味でお仲間と言えなくもない。義理を果たすべく足を運ぼうとしていた敦彦はともかく、耀一が行く気になったのは、そんな意味合いもあってのことかもしれなかった。

店内がよく見渡せる奥まった席に案内されると、仲野兄がさっそく耀一に目を付けた。

「そちらは？　あっちゃんのお友達？」

「彼氏です」

敦彦が答えるよりも前に耀一が言ってしまう。あっけらかんと言い放った態度に、一瞬固まった仲野兄だったが、次の瞬間、秀麗な顔を花が綻《ほころ》ぶように微笑ませた。

「そっか～、彼氏か～」

掌を合わせて、うっとりと言う。

「それじゃ、お祝いしなきゃねっ」

ボーイにドンペリを持ってこさせると、有無《うむ》を言わせずグラスを握らせた。

「あっちゃんと、彼氏の、なに君？　――あ、耀ちゃんね、二人にかんぱ～い」

ハイテンションでフルートグラスを一気に空にする。

「もぉ～、あっちゃんに彼氏を紹介してもらえる日が来るなんて、お姉さん、シアワセッ」

耀一の手をガシっと握り、あっちゃんをよろしくね！　と何度も言う。

「サエさ～ん」

まだ早い時間なのに、そんなに出来上がっちゃって大丈夫かと心配すると、平気よ！　と睨まれた。

「だって、アキラったら、あっちゃんのこと、あんまり教えてくれないし！　いつものお店に行けば会えたんだろうけど、あの人が嫌がるのよね、アタシが二丁目をうろうろするの」

仲野兄はピンク色の唇を色っぽく尖らせる。

「あ〜、なんか、仲野が、今、サエさんが付き合ってる人、すごくいい人だって言ってました」

「ホントッ!? あの子そんなこと言ってたの? 嬉しぃ〜。今まで散々だったのよぉ。『兄ちゃんは男の趣味が悪すぎる』とかって文句ばっかり」

「それは、心配してるからでしょ」

耀一が宥めるように言うと、そうなのよねぇ、と照れたような笑みが仲野兄の顔に浮かんだ。

「アタシみたいのが兄だと大変だったと思うのよね。でも、そういう文句は言ったことないの。この間もね、接待にここを使ってくれたのよ〜。あ、もちろん、アタシがお兄ちゃんだってことは内緒だけど。取引先のお客さまも気にいって下さったみたいで、そのあとも何度か来て下さってるの。口は悪いけど、根はイイ子なのよぉ、アキラって。あっちゃんみたいなイイお友達もいるし。あとはイイ子を見つけて腰を落ち着けてくれたら、言うことないんだけどねぇ」

透き通るような頬に細い指先を当てた仲野兄は、ちょっと遠くを見るような目になる。

さすがに兄弟だけあって、仲野の女性関係の派手さはよく知っているようだ。

「あ～、でも、今の彼女とはもう半年くらいは続いてるんじゃ…」

「まだ二ヶ月よっ。あっちゃんが知ってる子とは、とっくに終わっちゃったわよ」

相変わらずサイクルが短いらしい。浮気は絶対にしない男なのだが、とにかく長続きしないのが玉に瑕《きず》である。

嘆いている仲野兄の背後から、ひょこひょこと美女が二人顔をのぞかせた。美女といっても、この店のキャバ嬢であるからには、生まれたときには男であったに違いない。

「ママ～、アタシにもお酌《しゃく》させてぇ～」

「ママばっかりずるぃ～。こんなイイ男は、アタシ達に回してくれなきゃ～」

口々にそんなことを言いながら、許しを得る前にちゃっかりと耀一と敦彦を挟むように座り込んだキャバ嬢に仲野兄は呆れたような視線を向けた。

「アンタたち、失礼よ」

ちゃんとごあいさつしなさい、と叱責《しっせき》されて、よく日常生活に困らないな、と敦彦が感心したほどごってりネイルアートを盛った爪で器用に名刺を差し出してくる。こちらも人工的に盛った豊満な胸の谷間を強調するように、両手首でむぎゅっと脇を挟んでいた。

「レイナで～す」

「リンカで～す。よろしくおねがいしますぅ」

お色気全開で迫ろうとする二人を、ママである仲野兄は、いい加減にしなさいよ、と窘めた。

「こちらのお二人は、アタシたちみたいなのには興味ないの。幸せなカップルにベタベタまとわりついちゃだめでしょ」

途端に、え～！　と妙に甲高い二重奏があがった。

「うそ～ぉ、そぉなのぉ～。えぇ～、残念～。こっちのカレ、リンカの好み、チョーど真ん中ストライクなのにぃ」

身をくねらせながら、敦彦にしなだれかかって来る。と、途端に耀一の目付きが険しくなった。

それを目敏く見つけた仲野兄が、あら～と感心したように呟いた。

「耀ちゃんは、ホントにあっちゃんにラブラブなのねぇ。ちょっと妬けちゃうわ」

レイナの方もびっくりしたように耀一の顔を覗き込んでいる。

「うっわ、ホントだ。ちょっと目が怒ってる。マジだよ、この人…」

「レイナちゃん…」

言い方に気をつけなさいとママの叱責が飛ぶ。が、レイナは、だってぇ～と唇を尖らせた。

「めっちゃ、びっくりしたんだもん！　や〜、だってそっちの彼、この人のマジでドストライクだとは思うけどぉ。なんつったって、この人、全然、恋愛向きじゃないじゃん。本気？　ウソでしょ、信じらんな〜いって感じ」

レイナは耀一を指差して、わざとらしくふくれっ面をして見せた。

あんまりな言いように、言った当人以外の全員が、おいおいと突っ込む気満々の目付きでレイナを見つめる。

だが、最初に、あ！　という顔をして、何かに気付いたのは意外にも耀一だった。

「ちょっと待て、おまえ、どっかで…」

レイナが途端に、にやにやし出す。

「思い出してくれたぁ？　航平くんの元カレのマキオだよ〜ん」

両手の人差し指で自分の頬を突きながら、小首を傾げてレイナがおどける。

なんだ、知り合いか〜と険悪になりかけていた空気を気にしていた敦彦達三人の肩からどっと力が抜けた。

レイナは、どうやら耀一の知り合いと以前付き合っていたことがあるらしい。マキオなどと名乗ったところからすると、当時とはかなり見た目が違っているのだろう。

「気付かなくったってしようがないよね〜。だって、航平くんと付き合ってたころ、アタシ男だったもん。へへへ」

あっけらかんと笑う様子を見ていると、レイナは悪い子ではないようだ。知り合いが来店していると気付いて、ドッキリを仕掛けたらしい。

「あ、大丈夫だから～。アタシ、この人全然タイプじゃないしぃ」

呆気に取られていた敦彦を見て、気を回したレイナが勝手に自己申告を始める。

「アタシのタイプはぁ、航平くんみたいな、インテリで優しくって、エッチのときだけときどき意地悪な人～。あ～、もぉ、あのとき言われたエッチなこと、いまだに全然忘れられな～いぃ」

そんなことを言いながら、レイナは身体をくねくねさせている。

「ね～、ね～、航平くん、いつ帰って来るのぉ？　転勤しちゃったんでしょ？　どこだっけ、聞いたんだけどな。バンコクだっけ？　あれ、アメリカだっけ？」

「や～ん、バンコク。アタシたちの天国～」

リンカも負けじと肩を揺らして、上体をくねくねさせている。動くたびに、重そうな胸がゆさゆさ揺れたが、敦彦はそんなことには構っていられなかった。

なにやら、聞き流してはいけないことを耳に入れたような気がしたからである。

（海外に転勤した、コウヘイくん…？）

しかも、耀一の友人だという。

「ちょっと…、まさか、そのコウヘイくんって――――」

隣を見ると、いかにもばつが悪そうにしている顔を見つけてしまった。

「そうなのか…？　――――本当に？」

瞬間的にぎこちない感じになった二人を見ていた仲野兄が、少しばかり考え込むような顔をしたかと思ったら、もしかして、と言い出す。

「レイナの元カレって、高杉航平くんのこと？　アキラのお友達の…」

「え、ママ、航平くんのこと知ってるのぉ？」

レイナがびっくりしている。

「弟のアキラの同級生よ」

仲野兄は言いながら、視線を敦彦の方へと流した。たったそれだけで、レイナもリンカも、リンカ好みの客と、ママの弟と、レイナの元カレ航平くんが同級生だと察したようだ。

「鈍かったらオカマはやってけないのよ！」と豪語する仲野兄に、日頃から鍛えられているのだろう。

「ねぇ、まさか、あっちゃん、知らなかったの？」

航平くんが…と言葉を濁《にご》した仲野兄に向って、敦彦は力なく頷いた。

「――サエさんは、知ってた？」

敦彦が聞くと、仲野兄は、ええと小声で頷く。

「前にいた店に、アキラと来てくれたことがあったから。服を脱いでも男だったら付き合いたいって、言われたし、ご同類なんだって、すぐにわかったわ」

にっこりする仲野兄の台詞を聞いて、レイナが悔しい～と手にしたハンカチを大袈裟な仕種で噛みしめる。

「アタシなんか、思いっきりふられたのにぃ」

「っていうか、アレ、付き合ってるって言わないだろ。一、二度寝ただけだろ」

自棄《やけ》になったのか、耀一が辛辣な言葉をレイナにぶつけた。が、そこはレイナも織り込み済みなのか、キィィと派手な身振りで切れる真似をする。

「三回よ！　三回はやったわよ！　一週間で三回やれば、十分ラブラブでしょっ」

「え～、それって、セフレ？」

語尾を上げて、惚《とぼ》けた言い方をしたのはリンカである。そのリンカをキッと睨んだかと思うと、レイナはガバッと膝に顔を伏せて絶叫した。

「――セフレでもよかったのぉぉぉ～！」

「あ～、ハイハイ」

やってられないとばかりに、リンカが面倒くさげに手を振る。こんなことは始終なのだろう。

「この子、惚れっぽい上に、引きずるのよね」

仲野兄も呆れながら、しようがない子よねぇと笑っている。

「っていうか、アンタには言われたくないわ～」

恨みがましそうな顔をして、レイナが耀一をねめつけた。重たげなつけまつげは、ずれてもいないし、マスカラが滲んだ様子もないから、完全に泣き真似だったようだ。

「アナタ、騙されてるんじゃなあい？　大丈夫なの？　コイツ、こう見えて立派な人でなしよ～。アタシの友達なんて、どんだけ泣かされたか」

「ベッドの上で、でしょぉ～」

リンカがにやにやしながらからかう。

「主にはベッドの上だわよ。まぁ、ときどきはベッドじゃなかったかも？　っていうか、いざこれからっていうときに、帰ったのよ、この男は！」

この発言には、仲野兄もびっくりしている。

「いざこれからって、ホテルに入ったけど、置いてけぼりにされたってこと？」

「そんなどころじゃないわよねぇ～」

レイナは、全部知ってるのよと言わんばかりに、にまにましている。

「シャワーも浴びて準備万端、いざ挿入ってときにかかってきた携帯に出て話し始めちゃって、それがまた長かったんだって？　コイツの下で身悶えしながら待ってたのに、電話を切った途端、さっさと服着て出て行っちゃったんですってねぇ。『悪い。またな』の一言で済むか～！　バイブくらい置いてけ～！　って…」

これには敦彦もつい小さく吹き出してしまう。仲野兄も、困った子たちねぇと言いながら、ころころと笑っていた。

「それって、放置プレイだったわけ？」

褒められた過去は一つもない、と聞かされていたのと、レイナが面白おかしくオチを付けてくれたお陰で、思ったよりショックは少ない。高杉がゲイだとわかったときの衝撃の方が大きくて、耀一の過去などたいして気にならなくなっていたのかもしれない。

敦彦のツッコミは予想外だったらしく、耀一が少しばかり焦っているのが隣にいてよくわかった。

「違うって。高杉のバカが潰れて、べろべろになってるっていうから。あのバカ、前に一度急性アル中で救急車呼んでるからさ。普段はウワバミのくせに、年に一度か二度、そういうことをやらかすんだよな。ったく、いい迷惑だぜ」

「とかなんとか言いながら、お迎えに行くんだ～」

優しい～、とハモる二人に、耀一はあからさまに嫌そうな顔を向けている。

「香典《こうでん》より、タクシー代の方が安いだろ」

本音か冗談か区別がつかないような口調で吐き出された言葉も、オカマ二人の盛り上がりを、邪魔することはできなかった。

「とかなんとか言っちゃってぇ～」

「ね～、熱い友情ぉ～。なんだっけ、ほら、あれみたい。メロスとぉセリヌンティウス？」

「いい～、すごくいい～！　みんな一緒に楽しめるし。アタシ、3P大好きぃ～」

「だぁ～よねぇ。乱交でこそ実力発揮する絶倫男もいるしねぇ～」

「抜かずの三発？」

「ってか、トコロテン三連続って感じぃ？」

「いや～ん、掘られた～い」

キャハハハとハスキーな笑い声を立てる二人を、仲野兄がいい加減にしなさいよ、といさめる。

「アンタたちったら！」

ちょっとは気を使いなさいよ、と敦彦の方へ視線を流されて、調子に乗り過ぎたとしょげる二人に、気にしてないと笑って手を振った。

「大体のところ知ってるし。事前に自己申告したもんな、耀一は」

「こういうふうにバラす阿呆《あほ》がいるに決まってるからな。どうせなら、自分で言っておきたかったから」

そう言った耀一は、熱のこもった眼差しを向けてくる。

敦彦の手を握って口元へ押し当てると、そろそろ帰ろうかと意味ありげに囁いてくる。

「い〜や〜」

「きゃ〜、もぉ、きゃ〜、ヤダ、この人！」

そんな様子を目の当たりしてしまったレイナとリンカは大騒ぎしている。

「う〜わ〜、明日、台風くるのかしら？　それともハリケーン？　暴風雨？　…っていうか、アタシ、自分の目が信じられないんですけどぉ」

レイナが食い入るように敦彦を見つめてくる。

「い〜や〜、アナタ、あっちゃん、偉大だわ。すごいわ。このヤリチンをここまで更生させるなんて。菩薩《ぼさつ》様？　聖母《マリア》様？　もぉ、アタシ拝んじゃう〜」

「や、ちょっと…」

なんなんだ、と引き気味になった敦彦の腰を耀一ががっつり捕えて抱きよせる。

「勝手に拝むな。見るな、触るな。敦彦は俺のものだ」

耀一が不遜《ふそん》な中にもたっぷりの色気を滲ませて言うと、ぎゃ～という阿鼻叫喚《あびきょうかん》めいた悲鳴がユニゾンであがった。

「いやっ、さぶい、さぶいわ！　さぶイボできちゃう！」

「ってか、アタシはアタシが寒い～。温めてくれる腕が欲しい～ぃ」

騒ぐオカマを尻目に、耀一がじっと見つめてくる。その熱い視線にじんわりと頬を熱くしている敦彦に、ふと視線を真摯なものに変えて耀一が囁いた。

「黙っててごめんな」

思わず首を振っていた。その仕種を見ていたらしいギャラリーが、また騒ぎを大きくする。

「やだ、あっちゃん、可愛い～」

「ってか、可憐《かれん》～」

「ってか、清純派？」

なにやら大受けしているが、人目のあるところで、堂々と腰を抱かれて手を握り締められているのが、気恥ずかしくも、嬉しい。

睫毛《まつげ》を伏せて、照れをやりすごそうとしていたら、食っちまいたいと囁かれ、また頬の赤味を濃くしたのだった。

暇だ…。

週末だというのに、一人でいることになるとは思わなかった。ベッドに寝転がりながら、ぼんやりと天井を眺める。

仲野の兄貴の店を出たあと、耀一の携帯に依頼人から緊急の連絡が入って事務所へ戻ることになってしまったため、結局敦彦は一人帰宅することになってしまった。

店であんなに熱っぽく見つめてきたくせに、そんなことなどなかったかのように、耀一は「じゃあな」と地下鉄の入り口で手を振ると、とっとと帰ってしまったのである。

まぁ、それで、よかったのかも…。

敦彦の頭の中は、各種疑問でぎっちり埋まっている。

いつから知ってた？　なんで教えてくれなかったわけ？　聞きたいことはたくさんあった。だが、もっとも聞きたいことは、絶対に聞いてはいけないような気がする。

（高杉と、付き合ってたのか……なぁ）

付き合ってた、というより、高杉のことが好きだったのか…。レイナの話だと、他の男とホテルにいたという。もし付き合ってたのなら、それは立派な浮気である。もちろん、そういうカップルもいる。敦彦の知り合いにも、長い付き合いので、一緒に老人ホームに入ろうとまで話し合っているくせに、他の男と寝ても気にしないという二人がいる。

耀一と高杉もそういう関係だったのかもしれない。

と、いうことは――――。

ベッドに寝転んだまま、敦彦は頭を抱えた。

俺とのことは、高杉が海外にいる間の浮気ってことか……？

「付き合ってって、言ったよな」

俺じゃだめか？　と聞かれたときの、頬の熱さはまだしっかり記憶に残っている。

驚きとともに感じた気恥ずかしさと、嬉しさも、まだ薄れてはいない。

「ダメだ……」

考えてばかりいても仕方がない。

自分に言い聞かせるように呟いて、敦彦は思わず携帯に手を伸ばしていた。


「仲野はさぁ、高杉のこと、知ってたんだよな？」

「組合員だってことか？」

誤魔化されることもなく、あっさりと聞き返されて、敦彦はこっくりと頷いた。

部屋で悶々としているのに耐えられなくなった敦彦は、つい仲野を呼び出してしまったのである。幸いにも、彼女が旅行に行っているとかで、仲野の予定はあいていた。

仲野オススメのダイニングバーの個室で、ニューハーフキャバクラへ行ってきたときの報告をし終わったところである。

「そりゃ、知ってたよ」

 こともなげに、仲野は言う。平たい硝子の皿に美しく盛りつけられたヒラメの昆布締めを摘みながら、よく冷えた白ワインを味わってご満悦の顔つきをしていた。

「なんで、教えてくれなかったんだよ」

そんなつもりはなかったが、ちょっと責めるような口調になってしまった。だが、仲野には気を悪くした様子はない。

「三郷には言うなって言われたから。三郷だって、自分のこと、俺に口止めしただろ」

お互い様だろうが、と言われて、敦彦は口をつぐんだ。

「そりゃあ、俺だってちょっとは考えたよ。でもさ、ノンケの俺が『ゲイ友達紹介しようか』なんて仲介するのは、なんか変だろ。内緒にしてくれって言われた手前、おまえも知っているやつにお仲間がいるぞなんて、言えないし」

「うん、――――ごめん」

誰にも言わないでくれと、敦彦は確かに頼んだ。懇願したといってもいい。そのくせ、高杉のことを教えてくれなかったと責めるのは、お門違《かどちが》いというものだろう。

「高杉がそうだって俺が知ったの、卒業してからなんだよ」

実は、と仲野は、堰《せき》を切ったように話し出した。

「二丁目で、高杉と鉢合わせしちゃってさ。俺、兄貴んとこに行くと、どうも見つけちゃうみたいなんだよな」

　敦彦が耀一といたところを見られたのも、仲野が兄のキャバクラに顔を出した帰りだった。

「そのとき、高杉と一緒にいたのが、おまえの彼氏だよ。特に挨拶したりもしなかったし、向こうは覚えてないみたいだけどな。壮行会で見かけて何となくそう思ったって、おまえには言ったけど、実は高杉とつるんでるのを見てたから、あの前から知ってたんだ。名前は、この間、名刺交換して初めて分かったんだけど」

　一度見た顔は忘れない、という仲野の驚異の特技が、ある意味最大限に生かされたのかもしれない。

「高杉と、仲良かったんだ……」

　らしいな、と仲野は敦彦と自分のグラスに、ワインを注ぎながら頷いた。

「兄貴から電話あってさ、おまえが店に行った時の話、聞いたよ。おまえに言うのもなんだけど、高杉とおまえの彼氏、あの界隈、ブイブイ言わせてたんだってさ。兄貴の店の人なんか〝暴れん棒将軍ズ〟なんて命名してたぞ」

「らしいね」

　笑うしかないと敦彦は思った。耀一と高杉が、始終つるんで二丁目界隈で悪さをしていたなんて、まるで知らなかったのだから。

おまけに、レイナときたらなんて言ったっけ？　ホテルでいざこれからってときに、高杉に呼び出されたらすっ飛んで行ったたって？

「普通じゃないだろ…」

「あ？　なにが？」

仲野は目だけでなく耳もいい。コイツと一緒のときの独り言は禁物《きんもつ》だと十分承知していたはずなのに、うっかりしていた。今日は本当に緩んでいるようだ。

敦彦は、ふうっと息を吸い込んでから、早口で言う。

「よ…久永がさ、高杉から電話があったら、ホテルでいざ事に及ぼうとしてても、すっ飛んで行ったたっていうからさ」

ぎょっとしたように仲野が目を見開いた。

「マジか、それ」

「高杉って、前に急性アル中で救急車の世話になってるんだって？　だから心配だったとか、なんとか言ってたな」

げ～マジかよ、と半ばあきれたように仲野が呟く。

「んなこと、俺だったら絶対……、いや、う～ん、どうだろう…」

否定するかと思いきや、途中で首を傾げ始めている。

「なんだよ、仲野だったら、ホテルにカノジョ放置するの？」

「う～ん…、する……かも」

「え?!」

おまえはしないの？　と逆に切り返されて、敦彦は言葉に詰まった。

「たとえばさ」

ワインリストから目をあげた仲野が、ちらりと視線を向けてくる。

「たとえば、――おまえがカレシとイチャついてるところに、俺が電話して『女に刺されたから助けに来てくれ』って言ったらどうよ？　放置？」

「いや、それは行くよ。生命の危機だろ」

「急性アル中だって、生命の危機だぞ」

「それは、確かにそうだけど…」

言われてみれば確かにそうで、耀一が友人思いのいいヤツだと知ったのはいいことのはずなのに、どうしてだか納得できない。

「おまえさぁ…」

ちろりと仲野が視線を流してくる。言いたいことが山ほどある目つきだ。

「まさか、妙な勘繰りしてないよな？」

ギクリ、とした。

「まぁ、疑いたくなる気持ちもわからなくはない。そっちの世界は奥が深すぎて、俺にはイマイチ理解のできんところもままあるが――あの二人は、ないだろ？」

「……」

ないだろ、と言われているのに、だよなと頷けない自分がちょっと情けなかった。

そう思いたい。思いたいけど、そんなことはあり得ないと言い切れない。俺ってこんなに疑り深かったっけ？　と己を振り返って十数時間が経つ。

「おまえ、ありとか思ってんの？」

「……」

もう返事のしようもなかった。

「そういうキャラだっけ？」

「キャラとか言うな」

心底嫌そうな顔をした敦彦を見やった仲野が、感心したように言う。

「男の嫉妬は醜いとかって言うけど、男だって嫉妬するよなぁ…」

してるとも、と敦彦は思った。しまくりやがってる、と我ながら信じがたいほど、苛《いら》ついてもいる。

「そんなに気になるんなら、聞け」

「は？」

なんだって？　と聞き返した敦彦の目の前で、仲野はわざと深いため息をついて見せた。

「本人に聞けよ。高杉と付き合ってたことあるかって」

「そっ…」

そんなこと聞けるわけないだろう、と言い返す前に、機先《きせん》を制される。

「聞けるよな。尋問はお手のものじゃなかったっけか？」

「向こうも、その道のプロなんだけど」

「あっ、負けると思ってる？　言い負かされて丸め込まれた挙句、誤魔化されるってか？

おいおい、そりゃないだろうよ、弁護士先生」

「仲野～…！」

からかわれて目を吊り上げた敦彦に、仲野が少しばかり複雑そうな表情を向けてくる。

「おまえさぁ、一体、今までどういう恋愛してきたの？」

「は？」

今問題になっているのは耀一の過去であって、俺のじゃない、とばかりに仲野を見据えると、あからさまなため息をつかれてしまった。

「確かに、俺は、おまえの前カレも、元カレ達も、どんなやつだか知らないよ？　でもな、これだけは、はっきり言える。———おまえ、本気になったの、今回が初めてなんじゃないのか？」

「本気ってなんだよ。だいたい、俺は、もとから遊びや行きずりの付き合いはしない主義だよ」

「保身のために、な」

「なに言って…！」

言い返そうとする敦彦の言葉の先を封じるようにして、仲野が「だってそうだろ」と言い募る。

「都合がいいから付き合っていただけで、条件さえ合えば誰でもよかった、だろ？　ソイツが好きだから、とかじゃないよな。だって、おまえ、今まで自分から攻めて行ったことあるわけ？」

「俺、肉食系じゃないし」

「そういう問題じゃないだろ」

フリーのときに、たまたまコナをかけてきた相手が条件にあっていたら、とりあえず見切り発車していただけだろう、と言われ、グッと言葉に詰まった。

仲野に言われたことは図星なのだ。

自分から誘惑したり、落そうと画策《かくさく》したり、積極的に誰かをどうこうしようと思ったことはただの一度もない。そうしたい相手が今までいなかった、のだが、そうはっきり口にするのはためらわれた。

だが、仲野はお見通しだろう。

「真実の愛を求め彷徨う恋愛ジプシーの俺様が察するに、――――三郷、おまえは、惚れた相手と付き合うのは今回が初めてだ、絶対に」

絶対に、ときたか、と敦彦はいささか戸惑った。

「それが証拠に、今まで、どういう結果になろうが、こんなに情緒不安定になったことはない。だろ？　どっちかっていうと、どうでもいい。好きでもない奴がどうしようと、知ったこっちゃないもんな。そんなおまえにとって、久永とのことは、まさに例外。っていうか、――――マジ初恋？」

「初恋とか言うな。もうアラサーなんだぞ」

気色悪いって、と嫌そうな顔をしてみるものの、仲野には何の効果もない。

「気色悪くたってしようがないだろうがよ。これが真実なんだからさ」

「って、言われても…」

決めつけるなよ、と抵抗を示す敦彦に、仲野は往生際《おうじょうぎわ》が悪い、と珍しく眦《まなじり》を少しばかり険しくする。

「じゃあ、なんで、今カレの過去は気になるんだ？　しかも、俺に言わせりゃ、勝手に勘繰ってるだけ。あるかどうかもわかんないことを妄想して、一人で煮詰まってる」

「そんなことないって！」

「そうとしか思えない」

こうきっぱりはっきり断言されては、言い返す言葉も見つからない。

「往生際悪いぞ、三郷」

いい加減、自分の感情と向き合えよ、と仲野がしたり顔でにんまりした。

「惚れてんだろ？」

本気で、と言った仲野の顔は、いつになく真面目だった。

散々逡巡した挙句、仲野の強固な視線に負けた敦彦は頷いてみせる。もうこれ以上、誤魔化せなかった。仲野も。自分自身も。

まんじりともできなかったのは、隣で眠っている耀一を奇妙なほどに意識してしまうせいだ。いつもならば、耀一の腕が腰に巻きついてきたら真綿《まわた》にくるまれたような温もりとともに心地よい睡魔に身を任せるのだが、今夜は目が冴えてしまう。

仕事あがりに部屋に誘われ、適当な断り文句が思い付かなかったせいで流されるままについてきてしまったが、その気にはどうしてもなれなかった。

疲れているという言い訳を、耀一が疑う様子はなかったと思う。だったら来なければいいのに、と詰《なじ》られても仕方がないのに、そんな素振りは微塵も見せなかった。その上、優しく抱きしめてきて、そっと唇にキスをくれ、できるだけ近いうちに一緒に休みを取ろうと言われた。

温泉でもどこでもいい。二人だけでゆっくりと過ごしたい、という耀一の言葉に、頷くのが精いっぱいだった。何か言おうとしたら、聞くに堪えない嫌味が口を突いて出てしまいそうだったからだ。

今まで付き合った相手にも、浮気の疑惑を持ったことはあるし、裏切りが事実だったこともあったけれど、傷ついたのは自尊心だけだったように思う。

否、自尊心すら傷つくことはなかったかもしれない。傷つくほどには、相手に心を預けていなかったから。仲野が言ったように、好きでもない相手がどうしようと知ったこっちゃなかったからだ。

だが、今は違う。

現在進行形で浮気されている、とは思いたくない。たとえ耀一が高杉と関係があったとしても、それは過去のことで、今は単なる友人同士なのかもしれない。

でも、と思ってしまうのだ。

自分とのことは、遠距離恋愛の間のつなぎ、もしくはつまみ食い、またはほんの遊び、なのであって、本命が戻って来るまでの時間つぶしなのではないか、と。

背後で寝息を立てる気配を感じながら、そんな考えに雁字搦《がんじがら》めになってしまって、眠気はますます遠のいた。

疲れていると自己申告した手前、眠れないと悟られるわけにもいかず、早々に寝た振りを決め込んだが、実際には頭の芯が冴えまくってしまっている。

カーテンの向こう側が明るくなりかけてきた、と思ったころ、携帯が鳴った。音からすると、耀一のものだ。

隣で、もぞもぞと身じろぎする気配がして、腰に巻きついていた腕がそっと外される。

こんな時間に一体誰からなのか。耀一の個人携帯の番号を知っている顧客はごく少数だが、いる。しかし、その誰もが至極一般的な常識の持ち主だったから、こんな早朝に電話などかけてくるわけがない。逆に言えば、プライベートでも使う携帯の番号を気遣いのできない相手には絶対に教えたりはしない。

敦彦は、背を向けて眠ったふりをしたまま、そっと耀一の気配を追っていた。

コールが止み、耀一が相手に小声で応じるのが聞こえてくる。

「……んだよ、こんな時間に。――――は？　――――ふざけんなよ。こっちはまだ朝の六時だって」

（高杉からだ……！）

すぐにわかった。時差などお構いなしに電話してくるほど、耀一の声が聞きたいのか、と思うと、身じろぎ一つ出来なくなった。

「誰から聞いたんだよ。――――いいだろ、別に」

熟睡していたところを起こされたせいで尖っていた耀一の声の調子が、微かに違ってきている。開き直ったような、拗ねたような、そんなトーンに聞こえた。

小声でも耀一の受け答えは耳に入って来るものの、会話の意味するところは見当もつかない。二人の間に確かに存在する親密さを目の当たりにしたような気がした。

思わず背筋を強張らせていた敦彦の耳を、突如宥めるような声音の耀一の言葉が襲う。

「俺が、裏切るわけないだろ」

瞬間的に鼻の奥が痛くなる。やっぱりそうなんだ、と思っても、現実を突きつけられるのは想像していた以上にきつい。

「信用しろって。——だから、それは、まぁ、あれだよ。不慮《ふりょ》の事故っていうか…。俺だって想定外なんだって。——え？　や、その辺はさ、まあ曖昧にっていうか。言えないだろ、だって…」

そうだよな、言えないよな、と敦彦は耳をそばだてながら、唇を噛みしめた。

(俺とのことは高杉が帰って来るまでのつなぎだなんて、さすがのおまえでも言えないよな…)

「するわけないだろ、浮気なんて。——そういう疑うような言い方するの、やめろよな」

それ以上は聞いていられなかった。ベッドの端に身体を寄せ、布団で頭を覆うように包まる。

しばらくして耀一がベッドに戻ってきたが、敦彦は頑なに寝た振りを続けた。そうするしかなかった。

ここ最近、敦彦の様子がおかしい。正確にいうと、耀一の部屋で一緒に眠った翌日からだ。

それまでも何度も部屋には来ていたし、泊ってもいる。だが、ただ眠っただけだったのは初めてだ。並んで眠っただけで、キスもしていない――眠っている敦彦の髪やうなじに唇を押し当ててしまったことは否定しないが、唇にはしていない――から、物足りない思いはあった。

だが、「疲れているから」と言った敦彦の表情は思いのほか沈鬱に見え、一糸纏わぬ裸体を翻弄したい欲情は湧いて来ず、抱きしめて慰撫《いぶ》してやりたいという思いの方が勝った。

そもそも耀一にとっては、疲労はバイアグラのようなものだ。疲れていればいるほど情事に燃えるといってもいい。

敦彦も同じタイプなら、うまく持って行けばいつも以上に激しい行為が期待できたのかもしれないが、無理強いはもちろん、誘導しようとすら思わなかった。

ほぼ一晩中、抱きしめていたはずなのに、目が覚めたら隣で眠っていたはずの敦彦の姿はなく、しかもシーツからはすっかり温もりが消えていた。朝一番で抱きよせて、キスで起こすはずの計画が狂ってしまったが、「仕事を思い出したので先に出る」とメールが来ていたから、仕方がないと納得していた。

同伴出勤もできなかったから、少々不満ではあったが、それを表に出すほど子供ではない、と自分では思っている。

が、それ以来、敦彦の態度がそっけないのだ。全てが事務的で、取り付く島がない。

もちろん、食事や部屋への誘いも全て断られている。

（なんでだ……？）

機嫌を損ねるようなことを言ったりやったりした記憶はないが、もしかしたら無意識のうちに敦彦を傷つけるようなことを何かやったのかもしれない。そう思うと、それだけで冷や汗が出てきた。

口さがない親族からは、ナイロンザイル並みに強靭《きょうじん》な神経を持っていると評される耀一だが、敦彦のこととなると蚤《のみ》の心臓もかくやといったありさまになってしまう。

このまま距離を置かれて自然消滅《しぜんしょうめつ》なんてことにされたらたまらないと、散々悩んだ末に「話がしたい」と敦彦に切り出した。場所が職場だったのは、確信犯的行動である。

メールを送っても、また体よく断られるのがオチだろうし、仕事終わりや出勤前に誘い出そうとしても、のらりくらりとかわされてしまうのがわかりきっていたからだ。

フロアにそれなりに人がいて、だが一番忙しい山場は過ぎたころを狙って、敦彦のブースに入った。

一瞬驚いたような顔をされたときには、胸が痛いほどに疼いた。少し前なら、柔らかい笑みが返されたはずなのに、と思うと切なくなる。もっとも、切ない思いをしているなどと吐露したら、高杉などは腹を抱えて大笑いするか、妙な病気でも拾ったのかと危ぶまれるだろうが。

「仕事が終わったら、部屋で待ってる」

そう言ったものの、すぐに返事はなかった。パソコンのモニターを見つめながら、考えているのが手に取るようにわかる。しばらく逡巡したあとに、小さくかすれた返事が返された。

「無理」

短い一言だったが、こんなに明らかな拒絶もない。だが、耀一はめげなかった。

「遅くなっても構わない。待ってる」

「日付が変わってるだろうし、明日も早いから」

「話がしたいんだ！」

声量は極めて小さかったものの、怒鳴っているような口調になってしまう。切迫した気配が伝わったのか、敦彦が立ち上がった。

同僚だというのは、こういうときに便利だ。強張った顔をしていても、仕事上のトラブルとか意見の相違とか、勝手に推測してもらえる。痴話げんかなどとは、さすがに思うまい。

このオフィスが入っているビルの中で、人目がない場所といったら、もう数えるほどしかない。地下駐車場の隅にある大きな柱の陰か、廊下突き当たりの喫煙場所の奥にある非常階段くらいだ。絶対に誰にも聞かれたくないなら、非常階段の方がいい。分厚い鉄扉で仕切られているから廊下に声が漏れることはないし、階段は物音が響く分、他人の気配もすぐわかる。

非常口を出ると、照明が少ないせいで途端に薄暗くなった。何度かここに敦彦を連れ込んで、キスをしたり、時にはそれ以上のこともした。ここで立ったまま敦彦を抱いてみたいのだが、さすがに職場ではマズイと拒否されて、いまだに野望は達成できていない。

「俺、何かやったか？」

「なんで、そう思うわけ？」

質問に質問で返してくるのは、あんまりいい傾向とはいえない。どうやら本気で怒らせてしまっているようだ。

「メールしても返事がない。電話にも出ない。仕事以外で話もしなけりゃ、目も合わさない。変だって思わない方がおかしいだろ」

声音には十分に気を配った。下手に出るのはいいが、やり過ぎないこと。感情的になって怒鳴ったりしないこと。この二点は絶対要件である。絶対要件なのではあるが、どこから湧き起こって来るのか訳が分からないほどの焦燥感に絡め取られて、うまく自制できているかどうか自信がない。

頼むから機嫌を直してくれ、という言葉はぐっと堪える。あからさま過ぎるからだ。

背中を向けていた敦彦が、ゆっくりとこちらを向いた。

久しぶりにまともに見た敦彦の容貌は、相変わらず端正に整っていたが、かなりの疲労が顔に表れていた。目の下にはクマまでできている。

その上、目には生気がまるでなく、能面のように表情がなかった。

これは、不機嫌だとか怒らせたとか、そういうレベルの問題じゃない、と即座に察した耀一は、胃にギュッと握りつぶされたような痛みが走るのを感じた。

これはちょっとマジでヤバイ…。

だが、あの一言だけは絶対に聞きたくない。どうか言わないでくれ、と切に願うが、こういうときほど期待は裏切られるものなのだ。

そう思った瞬間、悪い予感は大当たりした。

「やめにしたいんだ、全部」

「やめるって、――俺とのことか？」

茶化す余裕はない。それだけは言ってくれるな、と思っていたことをズバリ聞かされて、耀一の頭は混乱の渦《うず》に叩き込まれた。

「同じ職場だし。――面倒だろ、こういうの…」

「そんなの、最初からわかってたことだろ」

「頭ではわかっていたけど、理解してたわけじゃない」

「今、理解したっていうのか？」

無意識だったが、皮肉っぽい口調になってしまった。

「今じゃない。少し前から…」

「様子がおかしかったのは、それでか…」

答えはなかった。その代わり、ふいっと顔をそらされる。もう、耀一の顔など見たくないとでも言うように。

「本気で言ってるのか」

「冗談言っているように見える？」

もちろん、そんなふうには見えない。だが、冗談だろうと言いたかった。冗談だと言ってほしかった。終わりにするつもりなんか俺にはない、そう言いたかったのに、まるで違う台詞が口をついて出た。

「わかった。――おまえがそう言うなら、それでいい」

物わかりのいい言葉を言わせたのは、耀一のプライドからだった。みっともなく、捨てないでくれと取りすがるようなことはできなかった。本心では、そうしてでも敦彦と別れたくなかったのに。

くるりと踵《きびす》を返して、敦彦は去って行った。

そのきれいな背中を見つめながら、耀一はこみあげてくる無力感をやり過ごすことに集中しようとした。

「ちょっと、アンタいい加減にしなさいよ」

空になったボトルを突き出した途端、ハスキーな声が咎めてきた。

「いいから、飲ませてくれよ」

酔って濁った眼で、酒を寄越せと耀一が睨むと、店のオーナー兼シェフ兼バーテンがハイハイとなおざりな返事と一緒に新しいボトルをカウンターに置いた。

「…ったく、今週はこんなのばっかりね！」

ウザくていやになる、と文句を言いながら、煙草《たばこ》をスパッと吹かしている。

長い付き合いの店主が、三十半ばに見えて実は不惑をとっくに越えており、すらりとした長身にハスキーな声で毒舌を吐くオネエでありながら、マッチョ大好きのバリタチだということを、長い付き合いで耀一は知っていた。

長い、といっても、半年に一度顔を見せるかどうか、である。思い出したように飲みに来る耀一を、まず罵倒で迎えるのが店主の慣例になっていたが、さすがに今回の毒舌は切れが悪かった。

「こんなに弱ってるアンタを見るのは、初めて」

そう言われるだけのダメージは受けていた。

「前々から、ちょっとでもへこんでいるアンタを見たら、絶対にザマアミロ！　って笑ってやるつもりだったんだけど、いざ目の前にするとできないもんねぇ。アタシ、自分で思ってた以上に優しいオカマみたい」

「白々しくアピールしたって無駄だろ。反対の端にいる細マッチョ系のやつタチだぞ。アンタには食えねぇよ。それとも久しぶりにケツ貸すか、ケイさん？」

「そういうことを大声で言うなっつうの！」

グラスに灰落とすぞ、コラ！　とハスキートーンがいきなり凄んだ。店には、店主が狙っているらしい細マッチョの美青年の他は、耀一が管《くだ》を巻いているだけだったから、二人の会話は筒抜けである。厚顔無恥《こうがんむち》の店主が満面のスマイルで、お気に入りの常連客に「うるさくってごめんなさいね」と愛想を振りまく様子を見たら、からかうのが常なのだが、今日の耀一には、それを笑い飛ばす気力もなかった。

「ぐれてるわねぇ」

あらためて言われるまでもなかった。ぐれぐれにやさぐれている。

仕事は辛《かろ》うじてミスなくできているが、それ以外はめちゃくちゃだった。

全ては敦彦のせいだ。否、敦彦に捨てられたせいだ。

まっとうな付き合い方などはとんどしてこなかった耀一だが、こちらからばかりではなく、相手から関係を切られたことも幾度かはある。だが、ショックを受けたことは全くなかった。

遊ばれてるのは嫌だとか、寝るだけの関係が辛いとか、決まった相手ができたとか。理由はさまざまだったが、去り際にどれほどひどい言葉を投げつけられようとも——人でなしと噂されていたのは故ないことではない——何も感じなかった。

サイテーと罵られようが、ああそう、で済ませていた。どうってことなかった。

それが、かなりソフトな言い回しで別れを告げられたのにもかかわらず、この世の終わり、みたいな気持ちになっている。

敦彦がいなければ、自分に微笑んでくれなければ、抱き合えないのであれば、生きている意味なんかないとすら思えた。

足を組みかえた拍子に、ポケットで鍵束がチャリと音をさせた。その中には、敦彦がくれた、部屋の鍵もまだ入っている。ポケットの中に手を突っ込み、指先で探ると、どれが敦彦の部屋の鍵なのか、すぐにわかる。指が覚えているのだ。

これを返してほしいとは、言われなかった。忘れているだけなのかもしれないが、今はこの鍵が、希望をつなぐ唯一の証《あかし》のような気すらしてくる。

だが、もしかしたら、とっとと鍵を交換しているだけなのかもしれない。そう思うと、ますます落ち込んだ。

「振られたのねぇ…」

感慨深そうに言う店主を睨みつける。

「うるせぇよ」

「おおコワ。振られ慣れてないオトコは、ちょ〜っと痛い目見ると、す〜ぐへこむのよねぇ。やぁねぇ、打たれ弱いって。面倒クサ！」

言われるまま反論もできない。まさにいい酒の肴《さかな》である。

「悪かったな！」

さすがに切れて、カウンターに叩きつけるようにグラスを置いたときであった。

「ケイちゃ〜ん、弟連れてきちゃった〜」

「ちわっす〜」

うるせぇ連中がきたな、と入口を見やった耀一は、入ってきた二人組を見て、息がつまりそうになった。

それは向こうも同じだったようで、あ〜！　と大きな声を出している。

仁王立《におうだ》ちになってむっつりとしているのは仲野で、ごってりと派手なネイルをした指で耀一を指したのは、兄であるサエであった。

「あ〜ら、まぁ」

サエは、つけまつげで重たげな眦をきゅきゅっと吊り上げて、ねめつけてきたかと思うと、シルバーメタルのヒールをカツカツいわせながら近付いてきて、どさっと耀一の隣に腰を下ろした。

弟の方は、その反対隣りに席を占めたので、仲野兄弟に挟まれてしまった格好だ。

兄弟の態度と目つきとで、敦彦との関係が終わったことを知られているのはわかったから、あまりいい気分はしない。

「ケイちゃ〜ん、この子、お馴染みさん？」

大きく開いたワンピの胸元からはちきれそうな谷間を覗かせているリエがカウンターに両肘をついたとたん、頼んでもいないのに酒の入ったグラスが置かれた。サエは、この店の常連らしく、店主とも長い付き合いがあるようだった。

「馴染みっちゃあ、馴染みかしらね。長〜く通ってきてるけど、ものすご〜くお見限りなのよね。来る時は、たいがい荒れてるし。まぁ、売り上げには貢献《こうけん》してくれるから、追い出しはしないけど〜」

店主のあからさまな言葉は、どうせそんなふうに思われているだろう、とつねづね予想していたたぐいのものだったので、耀一としては特段腹も立たない。だが、その平然とした態度が、サエの気に障《さわ》ったらしい。

「そうよねぇ、しこたま飲んでくれるんならいいお客さんですものねぇ。アタシだって、可愛い弟の大事な友達食われてポイ捨てされたって、店から追い出せないわぁ」

「――――捨てられたのはこっちだっつうんだよ」

おもわず呟くと、はぁ～？　というサエの嫌味ったらしい声が返って来る。

「人でなしの鬼畜くんは、言うことが一味違うみたい～。あんまり面白くって、腸《はらわた》引きずり出して表通りをひきずってやろうか、ってくらい～。なんなら、二度とオイタできないように、お姉さんが、あそこちょん切ってあげましょうか～」

「うっせぇぞ、オカマ」

耀一の暴言に、カッと般若のような顔つきになったのはサエで、呆気にとられたのは店主である。

店主の記憶にある限り、これまでの長い年月、耀一は、下半身の評判こそ良くないものの、基本的には良い子の客であった。酒は大量に飲んでいくが、泥酔して正体をなくすほどではないし、辛辣な物言いに拍車《はくしゃ》がかかる程度で、暴れたりもしない。金払いもいい。

なにより、オカマをすんなり受け入れている。

　ゲイなら当り前だと思うのは間違いで、オネエや、女装しているオカマを毛嫌いする者もいないではない。その点、耀一は優等生だった。差別用語は絶対に口にしなかったし、侮蔑的《ぶべってき》な態度も取ったことがなかった。会話が過激になって、思わず「塩まくわよ！」と叫んだこともあったが、罵りあいに本気で腹を立てたことなど一度もなかったといっていい。

　それが……である。

　これは相当へこんでいるのね、と店主は驚愕《きょうがく》の思いで、耀一を見つめていたのだった。

「オカマで悪かったわね！　この腐れ外道《げどう》！　うるせぇなら、耳塞いでろっつうんだ、くそったれ！」

　サエは本気で頭に来たらしい。声が野太《のぶと》くなっている。ぴっちぴちの十代だったころには、若気の至りで暴走族なんかにもいたことがあるせいで、切れると瞬間的に手が出るということを、この場にいる人間で知っているのは、実弟だけだった。

　パンチは鋭く動きも早いから、かわすのは容易ではないが、ウェイトがないせいで軽く、当たってもダメージは少ない、ということも実弟である仲野は身をもって体験している。

　だから、切れる兄を止めようとは思わなかったし、止めようと思ったところで、できはしなかっただろう。実際のところ、マズイと思った瞬間には、すでにサエがネイルゴテゴテの爪を上手く畳んで、耀一の顔面に向かって一発繰り出していた。

「…っぶねぇな」

ところが、敵もさる者で、耀一はすれすれのところでサエのパンチを避け、飛んできた右拳を片手でがっちりガードしていた。

が、過去のこととはいえ、昔取った杵柄《きねづか》は健在だったらしく、修羅場をくぐりぬけてきたサエの方が一枚上手だった。パンチを封じられた時点で、即座に足技に切り替え、パンプスのとがったトウの部分で思い切り耀一の脛《すね》を蹴り上げた。

「ってぇ！」

弁慶《べんけい》の泣き所にキツイ一発を食らって、カウンターに突っ伏して呻く耀一の横で、サエがガッツポーズを見せる。

「あっちゃんの敵、討ち取ったり〜！」

年上彼氏の影響ですっかり時代劇にはまっているサエが高らかに宣言するのを、耀一は、恨みがましく睨みつけた。

「なにが敵だ！　捨てられたのは、こっちなんだぞ！」

あまりな言われように、向う脛を思い切り蹴られた痛みも忘れて耀一は叫んでいた。大声で言うことではないが、もはや自尊心など一欠片《ひとかけら》も残っていなかったのか、自ら振られ男だと大暴露してしまう。

「振られてヤケ酒飲んでんのが悪いか！　オカマに絡まれる覚えはねぇぞ！」

「なによ！　被害者ぶるのはやめなさいよ！　こっちは、ちゃんとネタ掴んでるんだからね！　グジグジ言って、あっちゃんに罪をなすりつけようだなんて、あきれた腐れ野郎ね！」

一発決めたことで余裕を取り戻したらしいサエは、女言葉に戻っている。ほとんど無意識の切り替えは、年季が入っているからこその妙技である。

「なすりつけてなんかねぇっつうの！」

「じゃあ、なんで、あっちゃんをあんなひどい目に遭わせせんのよ！　暇つぶしに弄んでいいような男じゃないのよ、あっちゃんは！」

「弄ばれたのは、こっちだ！」

感情に任せての言い争いなどしない主義の耀一だったが、もはやそんなポリシーなどどこかにすっ飛んでしまっていた。

「いきなり、終わりにしたいとか言われて、納得できるか！」

「はっ、お気の毒さま！　言っておきますけど、あっちゃんは、いつまでもアンタみたいなのに付き合ってるほどバカじゃありませんから！」

「俺みたいなので、悪かったな！」

クソッと毒づいて、思わずカウンターを握り拳で叩いた。八つ当たりされたカウンターはびくともしないが、耀一の手は痺れたような痛みを訴え始める。

久しぶりにやんちゃに帰ってしまった兄と耀一のやり取りを、黙ってみていた仲野が、いきなり口を開いた。

「ちょっと、確認させてもらいたいんだけど」

いろいろと聞き捨てならない台詞がばんばん出てきたからな、と仲野が耀一を強い目線で睨み据えてくる。

「あんたの本命って、誰？」

あんまりにも単純で直接的に過ぎる質問だったが、耀一は至って真面目に答えた。

「敦彦に決まってる。たとえ、アイツが俺ともう関わりたくないって思ってても、俺の気持ちは変わらない」

「じゃあ、なんで高杉ときれてないんだ？」

「は？」

なんで高杉？　いきなり悪友の名前を出された意味がわからなくて、耀一は間抜けな問い返しをしてしまう。

「ってかさ、おまえら、どういう付き合い方してんの？　俺だって他人様のことガタガタ言えた義理じゃないけど、二股はしないぞ。面倒だからな。まあ、おまえらに自由恋愛主義だから、とか言われたら、俺の口はさむこっちゃないけど、三郷を巻き込むのはやめろ。本気でやってるんなら、おまえも高杉も最低」

「自由恋愛主義って？」

「パートーナーがいても、お互いの遊びは容認してうるさいこと言わないってやつ。男女の場合は、他の男の子供を孕《はら》まない、他所の女を孕ませない、っていうのが最低限のルールになるみたいだけどな」

　仲野の話を聞いているうちに、ぼんやりしていたものが明確になっていくような気がしていた。

「まさか、俺と高杉が付き合ってるとでも？」

「違うのか？」

「ありえない！」

　どこからそういう恐ろしい発想が出てくるのか。あっさりと肯定してきた仲野の前で、耀一は完全に顔をひきつらせていた。

「たとえ地球が滅亡して、最後の生き残りが俺と高杉の二人になったとしても、高杉のことは押し倒せないぞ！　んなことするくらいだったら、自家発電した方がよっぽどマシだっ！」

　怒りにまかせて怒鳴ってしまったら、仲野兄弟はもちろんのこと、店主も、隅っこで一人大人しく飲んでいた細マッチョも固まってしまっている。

「っていうか、敦彦が死んだ時点で俺も死ぬ！　あいつがいないのに、だらだら長生きしてられるかっつうの！」

　そう、たとえ振られても、敦彦が元気で幸せにしていてくれたらいい。近くで見守れるだけでも、十分だとはいわないが、我慢はできる。いや、本当はしたくないけれど…。

　思い詰めた上に何やら突き抜けてしまった耀一の思いは、そこまで行き着いていたのである。

「え～、それってホント？　やだ、あっちゃん、めちゃめちゃ愛されてるじゃない！」

　先程の鉄拳パンチでもびくともしなかったネイルをコーラルピンクの唇にあてて、サエが感心したような声で言った。が、仲野弟の冷静な言葉が、兄のはしゃいだ言葉を遮る。

「それが本当なら、なんで三郷は、アンタと高杉が付き合ってるとか、自分は高杉が戻るまでのつなぎだとか、思い込んでるわけ？　そんなこと言いながら、アンタ、裏で何かやらかしてるんじゃないのか？」

「言っておくが、俺に心当たりは全然ない！　急に態度がおかしくなったなと思っていたら、いきなり『終わりにしたい』って言われたんだ。しかも職場でだぞ！　取り乱して発狂しなかったのが奇跡だ！」

敦彦にメロメロに溺《おぼ》れています、とはっきり宣言したも同じである。こんなにこんなに惚れているのに、どうして他の男とどうこうならなきゃいけないのか理解できない、とまで叫ぶ。

「もう、いいから」

それ以上言うな、と仲野が呆れたように溜息をついた。

「なにがどうして、こういうことになったのか、俺にはさっぱりわからん。わからんが、三郷が、アンタと高杉が今でも付き合ってて、自分とのことは遊びだと思い込んでいるのは間違いない。本当に全部誤解だっていうんなら、早いとこ自分の口で説明した方がいいんじゃないのか？」

説得するのが商売なんだろ、と言われても、耀一はすぐには動けなかった。説得するのが商売なのは敦彦も同様で、実際、過去に一度――別れを告げられた時に――説得され負けている。

不毛な言い合いになるならまだしも、もう敦彦の気持ちを自分には戻せないんじゃないかと思うと、足元からひんやりと冷たいものが這いあがって来るような気がした。

「とりあえず、水くれ…」

店主が、グラスになみなみとミネラルウォーターを注ぐ。受け取ろうと伸ばした手に、だがグラスは渡されない。

「おい、ちょっと!」

アンタまでもこの期《ご》に及んでまだ俺の邪魔をするのか、と睨んだ耀一を、店主は探るような目つきで見返してくる。

「ちょっと聞くけど……、アンタらが言ってる、話題の〝あっちゃん〟って、三郷敦彦のこと?」

途端に、耀一だけでなく、仲野兄弟までもが、カッと店主を見つめた。

「なんで、アンタが敦彦のこと知ってるんだ!」

「ちょっと、ケイちゃん、あっちゃんと知り合いなの?」

同時に叫んだ耀一とサエを、ハイハイといなしてから、店主は煙草を取り出して、もったいぶったように一服した。今まで目の前で繰り広げられていた派手なやり取りで推察していたことを確信に変えたらしく、隠し玉とも言える事実を披露《ひろう》した。

「一昨日、あの子来たわよ、うちに」

プハッと煙を吐き出しつつ、店主は天井に目をやる。思い出しているような素振りはわざとらしい演技だろうが、効果は抜群《ばつぐん》だった。

「そんなに頻繁じゃないけど、常連のうちに入るかしらね。なにかあると、たまったものを吐き出しに来るんだけど、こっちから水を向けてやんなきゃ話しゃしない。警戒心が強いのよね。自分のことは不用意に喋らない癖がついてる。それが、まあ、一昨日はすごかったわねぇ…。荒れて荒れて、手が付けられないっていうか。あんな様子の敦彦は初めて見たわよ」

灰皿にトントンと灰を落とした店主は、ちろっと耀一に視線を据えて言葉を継いだ。

「あの子、自分の方が浮気相手だって思ってたわよ。〝カレシ〟には海外転勤になった〝本命〟がいて、自分はそいつが帰って来るまでのつなぎだって。それでもよかったのかも、って思っちゃう自分が情けないって」

「――――やだ、それって…」

思わず、と言ったふうにサエが呟いた。

「ぶっちゃけ、ここ最近、めっ～きりお見限りだったのよね。まあ、でも、荒れる前に来たときに、妙に浮ついてるっていうか、そわそわしてるっていうか、ウキウキしてるっていうか、そんな感じでね。ああ、こりゃ男ができたなってすぐにわかった。それも、今までみたいな、条件さえ合えばOKっていう乾いた付き合い方じゃなくて、ちゃんと感情が伴う恋愛だなって。アタシ個人としては、ちょっとホッとしてたのよね。あの子、いろいろ難しいから、このまま枯れてくんじゃないかと思ってたし」

それがあんなふうでしょ、と店主は嫌そうに耀一を見やる。

「日頃は警戒心が強いから妙なのには引っかからないけど、ちょっとバランス崩してるときは危険なのよ、あの子は。この前も、ド変態ドクターの誘いにうっかり乗っちゃってさ。ヤバイからやめろって散々言ったのに、大丈夫だって言って聞かないんだもの。結局、無事だったみたいだけど」

「それって、石田⁉」

思わず耀一が口を挟むと、そうよ、と店主は頷いた。

「あのクソ野郎、ずっと前から、あの子のこと狙ってたのよ！　ホント、アタシの店で堂々と狩りしやがって。アッタマきたから出入り禁止にしてやったわ！」

すご～い、とサエが感心したように言う。

「あっちゃんて、ケイちゃんにそんなことさせるのね～。ケイちゃんて、みんなに思われてるほど、面倒見がいい人じゃないのにねぇ」

「仕方ないでしょっ！　エロ変態医者の奴隷ちゃん3号とかにでもされてみなさいよ！

寝覚めが悪くってしょうがないでしょっ」

「愛よねぇ」

つい、といった感じで口走ったサエの言葉に、耀一が過剰に反応する。

「おい！　アンタ、敦彦に手ぇ出しやがったらぶっ飛ばすからな！　妄想したりもすんなよな！」

「ちょっと、アタシをライバル視するの、やめなさいよ！」

耀一に見当違いの噛みつかれ方をされた店主が切れて、がなった。

「そこまで独占欲強いんなら、ちゃちゃっとよりを戻してきなさいよ！　二人して、うちの店で鬱陶しいマネしないでちょうだい！」

とっとと帰れ、と手で追い払われて、耀一の足が出口に向かう。その背中を、エールのような店主の言葉が押した。

「あの子、セフレじゃ嫌だって言ってたわよ」

泣かせるんじゃないわよ、と睨まれて、当り前だと視線で返した。

どれだけ本気か、これからじっくりわからせてやる。

週末だというのに、意固地になって仕事をしたのは、視界の端で、耀一が帰って行くのを確認したからだ。秘書たちに挨拶しながら事務所を出ていく後姿を見ていたら、猛烈に腹が立ったのだ。

自分から終わりにしたいといったくせに、未練たらたらなのは否めない。怒りと絶望で悶々と考え続けた挙句の結論だったが、いざとなると後悔しきりであった。

高杉が帰国するのは、早くても二年後だ。耀一は、まだ半年以上もこの事務所にいる予定なのだから、多少のことには目をつぶって、期間限定で楽しめばよかったのかもしれない。そう思う半面、到底そんなことはできないこともわかっていた。

帰国した高杉に、おまえの彼氏と浮気していました、などと開き直って言えるはずもないし、仲睦まじくするだろう二人の様子を正視できる自信もなかった。

行くも地獄、戻るも地獄、とはこのことだろう。

考えてはいけないことを悶々と考え続けたせいで、仕事はまるではかどらず、お陰で終電に乗りそびれてしまい、タクシーで帰宅する羽目になった。

職場から地下鉄で二駅、タクシーでもせいぜい2メーターの距離の自宅のありがたみを感じるのは、こういうときだ。激務で不規則な生活が続くだろうことを見越して借りた部屋は、立地的にバカバカしいほど賃料が高い上に、かなり不便だった。近所には、スーパーもドラッグストアもないし、医者といえば、○○クリニックなどとこじゃれた看板を出すところばかりで、風邪をひいても気軽にかかれそうな気がしない。

リビングと寝室だけの部屋には必要最低限の物しかないので、生活感が薄く空々《そらぞら》しい雰囲気があって、いつまで経っても自分の家だと思えなかった。耀一が泊って行くようになってからは、そんなことも感じなくなっていたのだが、今また、二部屋しかない空間がひどく広く感じられて虚しい。

この週末は休日出勤するつもりはなかったので、ゆっくりと風呂につかり、ビールでも飲もうかと冷蔵庫を開けようとしたときだった。

不意に玄関の鍵が開けられ、誰かが入って来る気配がした。すわ侵入者かと、思わず身構えたのだが、入ってきたのは耀一であった。

「なんで……！」

いきなり姿を現した耀一に、敦彦は驚愕し、すっかり混乱していた。セキュリティのしっかりしている都心のマンションに、住人でもない耀一が許可なく入って来られたのは、以前渡していた合い鍵を返してもらっていなかったからだと、思い至るのに少しばかり時間がかかったほどだった。

「鍵、返して」

掌を突き出すようにして要求したが、嫌だとにべもなく断られた。

「ここに来ないでほしい」

「どうして？」

面の皮が厚いという噂は、本当だったのだ、と敦彦は思い知らされた。仕事中に、多少強引だなと思ったことはあったものの、二人きりでいるときに耀一が傍若無人で無神経な態度を取ることなどなかったから、わからなかったのだろう。

「ここに来るべきじゃないってことくらい、わかるだろう？」

「いいや、全然」

悪びれもせずに、しれっと言われて、敦彦の頭に血が上る。

「もう、終わっただろう！」

叫ぶように言ったのだが、いいやと予想もしなかった答えが返ってきた。

「わかったって言ったじゃないか！　そっちだって、納得したんだろ！」

「おまえの望みをかなえてやろうと思っただけだ。俺としては、全然、全く、爪の先ほどにも納得していない」

「なっ……！」

今さら何を言い出すんだ、こいつは！　と敦彦は身体の脇に垂らしていた両の拳を握りしめる。

ふざけるな！　と怒鳴り返そうとした瞬間だった。耀一が少しかがんだ姿勢になって、敦彦の瞳をじっと覗きこんできた。そのために、罵声は舌の奥で絡まって、行き場を失う。

「言っておくが」

耀一は、時には酷薄にも感じられることがある双眸をひたっと敦彦へと向けてきた。

「俺は高杉と付き合ったことも、寝たこともない。アイツとどうこうなるくらいなら、高野山にでもこもって坊主になる方がマシだ」

「…！」

どれほど煮詰まっても、別れを切り出したときにすら、敦彦が問うことができなかったことの答えを、耀一はあっさり口にした。

「おまえほどじゃないが、俺も高杉とはそこそこ長い付き合いになる。でもな、神に、いや弁護士バッジに誓って言うが、アイツを抱きたいと思ったことは一瞬たりともない」

真摯な口ぶりで、怖いくらいに真面目な顔つきをしているが、もちろん敦彦には信じられるわけがなかった。なぜなら、この耳で聞いているのだ。

「そんなこと言って、俺が信じるとでも？」

バカバカしい、と言わんばかりの眼差しを、かなり誇張して耀一に向ける。あまりにもくだらない言い訳で、聞く価値もないと表情で見せつけた。

「どうせ、嘘をつくなら、もっとマシなことを言えよ」

「嘘なんか言ってない」

「ああ、じゃあ、丸め込もうとしてるってわけだ。――俺って、そんなによかった？」

自虐的な笑みを浮かべた口元を、耀一が怒りのこもった目つきで睨みつけている。

「ああ、よかったとも」

怖い声で言うなり、耀一に腰に腕を回され、抱き締められてしまう。

「おまえ以外には抱きたくない、って思うくらいにはな」

「高杉にも同じことを言ってるんだろうが」

睨みつけてやると、耀一は、おもしろくなさそうに片方の眉をきゅっと吊り上げた。

「高杉も俺と同じだ。抱くのは好きだが、抱かれるなんて死んでもごめんだ、たとえ相手がおまえでもな」

敦彦の眉間が、ぱっと開く。同じ嗜好《しこう》、いわゆるバリタチなのだと教えられて、驚いたのだ。

「嘘だろ…、じゃあ……」

「アイツと寝るくらいなら、自分でやる」

いかにも嫌そうに耀一が呟いているのは、どうやら本心らしいと思うのだが、敦彦には、どうしても信じ切ることができないでいた。

「浮気なんかしないって、言ったくせに」

「してないだろ、浮気なんか。言っておくが、おまえに無残に捨てられたあとも、酒は飲んだがナンパはしてないぞ。この一週間、寝不足と二日酔いと禁欲生活とで、俺はガタガタだ」

「だって、高杉と電話で…」

「あ？」

なにを言ってるんだと問われて、敦彦は、あの日、漏れ聞こえてしまった電話のことを話した。が、耀一は、拍子抜けするくらいあっさりと、主語が違うと指摘してくる。

「あの電話はな、俺がお前に手を出したって知った高杉が、怒り狂ってかけてきたもんなんだよ。電話口で、俺がどれほどネチネチいたぶられたと思う？　アイツは本当に嫌味ったらしくて、底意地の悪いやつなんだぜ。挙句の果てに、浮気しておまえを泣かせたらぶっ殺す、とかまで言われたら、浮気なんかするか！　って言い返すだろ。なんで、あいつにそんな言い訳しなきゃならないのか、俺には全然意味がわからない」

本当に頭にくる、と耀一は目を吊り上げている。

「おまけに、あの電話をおまえに聞かれて、誤解されて、挙句この有様《ありさま》だ。ぶっ殺してやりたいのは俺の方だ！」

「――――じゃあ……」

口にした途端、羞恥心が襲いかかって来る。なにもかも全てが誤解で、早とちりのせいで大騒ぎしただけなのだと完全にバレてしまったのである。

「ご――――ごめん」

目を合わせることもできず、それでも謝罪だけはしなければと、口ごもりつつも短い詫《わ》びの言葉を口にしたものの、耀一の反応はない。

どうしよう。本気で怒らせたのかもしれない。呆れて、それこそ付き合いきれないと思ったのかもしれない。そんなこと全部が瞬間的に同時に頭の中に湧いてきて、敦彦は軽くパニックを起こした。

「この間の、別れる云々《うんぬん》、撤回するな？」

「もちろん！」

「――――それなら、いい」

安堵したように呟いた耀一に抱きしめられ、敦彦は身体の力が一気に抜けた。

「おい…？」

大丈夫か、と覗きこんできた顔は、ただただ心配そうで、怒りや恨みの名残は微塵も感じられない。相当傷つけたはずなのに、こんなにあっさり許されてしまっていいんだろうか、と不安になる。

「なかったことにしてくれるんだ？」

「当り前だ」

耀一はきっぱりと断言する。

「二度と聞きたくないからな。別れるとか、終わりにしたいとか、そういうネガティブ宣言は」

「ごめん」

「今度あんなくだらないことを言い出したら、その場で裸に剥いて腰が立たなくなるまで犯してやる」

たとえ、そこが職場でも、道の真ん中でも、構わずに実行する、と怖いくらいの眼差しで言われると、本気でやりかねないと思わされた。

「ごめん…」

もう二度と言いません、と約束の言葉を言いながら、敦彦は耀一の首に腕を巻き付けた。謝罪のしるしに、自ら口付けて舌をねっとりと絡ませる。

くちゅりと音がするまで口内を舐めてから、そっと離した。耀一の顔を見ようと視線を上げようとした刹那、腰と肩を抱かれ、引きずられるようにしてベッドの方へ連れて行かれた。

スプリングどころかベッドそのものが軋《きし》む勢いで押し倒され、着ていたパジャマを毟《むし》り取るような勢いで脱がされる。

敦彦の腰に跨るようにして押さえつけていた耀一が、そのままの姿勢で無造作に裸になっていくのを眺めてしまう。もう二度と見られないかと思っていた、引き締まった身体があらわになって行く様子から、目が離せなかった。

押し掛かってきた耀一に体中を撫で回されただけでも息が上がってしまったのに、乳首に噛みつかれると、それだけで声が出てしまう。歯で挟むようにきりきりと刺激されて、敦彦はたまらず呻いていた。同時に耀一の手がすでに兆していた敦彦のものを掌に包み、二度、三度と擦り上げる。

耀一の顔が下がり、先端を口に含んだのが見えた。先端を舐めまわされるのが好きなの

だと知られているせいで、そこばかりを執拗に攻められる。そこが硬くしなり、唾液にまじって蜜液が流れ落ちていくのがわかった。

滴りを追うように唇が下がり、まだ少し柔らかさの残る宝珠が含まれる。口内で転がされ、舐め解かれて、敦彦はたまらず長い溜息を漏らしていた。

耀一の舌はさらに奥へと下りて行き、今はまだつつましやかに口を閉じている窄まりを探り当てた。襞の周りを円を描くように舐められると、待ちきれないとでもいうように後孔が小さく口を開く。すかさず耀一が指を押しこんできて、ぐるりと内を掻き回した。

手を伸ばしてサイドテーブルの引き出しを探れば、肌に馴染んだローションがあるのはわかっていたが、敦彦はあえてそれをしなかった。

唾液でもなんでもいい。耀一の全てを感じ、受け入れたかった。

夢中になっているのか気が急いているせいか、それともわざとなのかはわからなかったが、耀一もローションを寄越すようにとは言わなかった。双丘の狭間に顔を埋め、舌先でなぞるようにして襞を愛撫している。

指が増やされると、吐息が大きくなった。喘ぎながら身体を起こそうとすると、それを制するように、太腿を抱えた耀一にぐいっと引き寄せられる。大きく開かされた足を胸元へ押しつけるようにされると、自然と尻が持ち上がってしまう。

膝裏に手をかけて自分でその姿勢を保つように促され、敦彦は大人しく従った。それどころか、挑発するようにさらに膝を開いて見せた。

にやりとした耀一が、埋め込んでいた指をこねるように動かす。

「あぁ…っ」

さらに増やされた指を内でバラバラに動かされながら、指の腹で腸壁をぐるりと擦られ、敦彦はたまらない刺激に腰を震わせた。

埋め込まれた指で執拗に掻き回されていると、掻痒感《そうようかん》が凄まじく、意識しないままに締め上げてしまう。引き締めた粘膜で、長い指の関節までも感じてしまい、敦彦は悶えながら、入れてほしいとねだっていた。

顔を上げた耀一が指を引き抜くと、身体を返して四つん這いの姿勢を取り、見せつけるように尻を向ける。さらに両手を尻に置いて、濡れた窄まりを開いて見せることまでした。

「きて……、入れて」

そこに耀一を受け入れないと、本当には赦《ゆる》してもらえないような気がして、敦彦はさらに懇願した。

「ここに、入れて。――――奥まで、犯して」

普段なら口にしない淫らな誘い文句が、するりと出ていく。

耀一の手に腰を掴まれた、その次の瞬間には、窄まりに押しあてられていた先端がぬるりと押し込まれていた。

「あ――……っ」

挿入はいきなりだったが、侵入はゆっくりだった。強い先端が、粘膜をゆるりと擦っていく。それがたまらなく気持ちよかった。

熟れた肉襞は、もっとも張り出した部分を難なく飲み込むと、包み込むようにきゅっと締まる。しゃぶるような動きで耀一を咥え込んでいるのが自分でもわかって、敦彦は思わずシーツに額を擦りつけていた。身体の奥から飢えているのだと、耀一に知られてしまう。

理性を本能が駆逐《くちく》していく様は、誤魔化しようがないくらいあからさまだった。この痴態は、耀一を煽るためのものなのだという言い訳すらできないだ。大胆な仕種で誘ってみても、開き直るには、まだ何かが足りない。

耀一が奥まで入って来る。身体の中で、ずるりと音がしたような気がした。

今までは、相手がだれであろうと、必ず世界最高品質と謳われる極薄のゴムを使っていたが、あの薄膜が一枚ないだけで、こんなに密着感が違うのかと驚嘆《きょうたん》した。肉茎の放つ熱が、脈打つ血管の存在までもが、まざまざと感じられるのだ。

自分のそこが、嬉しげに太い肉茎を飲み込んで、絞り取るように蠢いているのがわかっても、どうしようもない。

柔らかくて気持ちいいと淫らな褒め言葉を頂戴したことは過去に何度もある。意識して、そこを締めることもある程度ならできた。過去の男達は蠢く肉筒を堪能したが、それは敦彦が意図的にしていたことだった。

だが、今は違った。自分でそこを食い締め、耀一の肉を包み込むような余裕はなかった。脳が蕩けそうな快感は、敦彦の裡《うち》に隠れ潜んでいた放埒《ほうらつ》な淫乱さを目覚めさせる。理性で肉体を抑制することは限界だとあきらめた途端に、媚薬の栓《せん》が抜けたかのようだった。

「ああっ、ああっ、いい……っ！」

奥まった粘膜の柔らかさを味わうように耀一が腰を回すと、甘い嬌声が漏れた。常よりも官能的な艶を帯びた声に、耀一が煽られる。思わず舌なめずりをした顔つきを見ていたとしたら、敦彦はそれだけで達してしまったかもしれない。

腰を揺らめかせ、背後にぐいっと押しつけた。肉筒の蠢動《しゅんどう》を楽しんでいるらしい耀一は、奥で小刻みに動かしてはくれるけれども、擦り上げてはくれない。それがもどかしくて、敦彦は、身体を前後に振るように動かした。

太いものでみっちりと埋められている粘膜が擦られ、引きずり出されるような感覚を味わう。実際、入り口の襞がめくれて、赤く充血した媚肉が、敦彦が腰を揺するたびに見え隠れしていた。

その淫靡《いんび》さを目の当たりにした耀一が、さらに昂ぶって肉茎が膨れ上がる。

「あっ、あぁっ、すごい…ぃ」

太い、熱い、と熱に浮かされたように淫らなことを口走った。

こんなに圧迫されているのに、裡がぬるつく感じがするのは、耀一の先端から堪え切れない蜜が零れ始めているからだろう。耀一が感じていると思うと、敦彦はさらに乱れた。

触らなくても、足の間で勃ち上がっているものが、今にも弾けそうになっているのがわかる。先端から蜜を溢れさせているのは敦彦も同じで、身体を揺するたびに滴り落ちてシーツにしみを作っている。

両手で握って扱いてしまいたい衝動をやり過ごしたのは、耀一に蹂躙されている媚肉で達したいからだ。その方が快感が強いというのもあるが、放出したあとの満足感がまるで違う。

耀一の手が前に回ってくる。前を刺激されたらすぐに達してしまうと、思わず逃げ腰になったのを引き戻された。耀一の腕は、敦彦の懸念など知らぬかのように腹のあたりに回され、繋がったまま、抱えられるようにして、膝を崩される。シーツに突っ伏すようになった下肢を持ち上げられて、横向きに姿勢を変えられた。

肉筒の中で、耀一がぐるりと角度を変える。その刺激に、敦彦は戦慄《わなな》いた。

「は……ぁぁ……っ」

震える吐息を吐き出している間に、右足が抱えられ、ぐいっと押し上げられる。繋がったまま体位を変えられたのも、こんな松葉崩《まつばくず》しのような体位も初めてだった。

耀一が腰を突き動かしてくる。その度に、堪えようもない喘ぎ声が放たれた。

「あぁぁ……っ！」

注意深く腰の位置を変えた耀一に、これ以上は無理というほど奥深くを抉られて、シーツにしがみつきながら悲鳴を上げてしまう。

抜き差しが激しく、大きくなっていくと、ねばついた先端が粘膜のもっとも感じやすい部分を通過して行った。執拗で容赦のない動きは信じがたいような快感を生み、その全てを向けられた敦彦は、呻きながらもすすり泣いていた。

「も…、だめっ、いくっ、いちゃうから…っ、あ…あぁ――――…っ！」

我慢できるだけして、堪え切れずに弾けた敦彦は、断続的に何度も蜜をしぶき上げる。達したと同時に、奥まで埋め込まれ執拗に粘膜を擦っていた肉茎を締めあげてしまう。

一旦動きを止めて、肉襞のねぶるような収縮を堪能した耀一は、持って行かれそうになるのをどうにか堪えていた。深く吐息をついてから、蠕動《ぜんどう》をやめない媚肉の中を、再び掻き分けるようにして動き出す。

「やっ…、だめ、だめぇ…」

おかしくなる、壊れる、とすすり泣きながら口走り、抜いてほしいと懇願した相手が、まだ達していないのだと気付く余裕すら敦彦にはない。

強すぎる快感を味わったあとでの、何もかもを吐きだしたような長い射精のせいで、四肢が重くてまともに動かせないでいる。シーツを掴んでいた指はとうに力が入らず、開いたままの口から涎を垂らしているというのに、唇を閉じることすらできずにいた。

終わらない快感に身悶え続ける敦彦の裡が熱いもので満たされる。耀一が達し放出したものが、さらに敦彦を狂わせた。

達しても萎えないままでいた肉茎の先端から、最後の一滴まで出しつくすようにして小さな飛沫を零してしまう。たっぷりと濡らされた粘膜も貪婪な尻も、ひくひくと痙攣させて、与えられた悦楽の全てを余すところなく四肢にしみ渡らせた。

「敦彦…」

射精を終えた耀一が、繋がったまま身体を重ねるようにして唇を求めてくる。震えて呼吸もままならないままで、唇を吸われると意識が飛びそうになった。

朦朧《もうろう》としたままの敦彦の耳元で、耀一が淫らに囁きかけてくる。

「食いちぎられるかと思った」

こんな身体にしたのは誰のせいだと言い返してやりたかったが、出てくるのは溜息のような吐息だけだ。

「敦彦、すごく感じてた。――――よかったか」

「ん…」

それには微かに頷きを返すことができた。

満足そうな笑みを浮かべた耀一が身体を起こし、繋いでいた身体を離そうと深く穿っていた肉茎を引き抜こうとしたとき、まるで抗うかのように肉襞が締まった。

「あ……、だめだ…っ」

抜こうとしているだけなのに、射精しても存在感を失わないものに粘膜を擦られる感触がたまらなく切ない。

「そんなにされたら抜けない」

そんなことを囁く耀一は、だが緩めてほしいとは言わないのだ。少しだけ腰を引いた姿勢のまま、敦彦を味わっている。

「このままでいるか…?」

「――――うん…っ」

抜いてほしくないと遠回しに言っているのと同じだったから、かなり恥ずかしい返答だったけれど、このまま引かれたら、全部抜かれる前にもう一度達してしまいそうだと危《き》惧《ぐ》する敦彦に、否やはいえない。

「敦彦の裡、すごく熱くて柔らかい。まだ締め付けてくるし。――――やばい…」

「言う…なよっ」

褒められても恥ずかしいだけである。涙目になった顔をシーツに伏せていると、耀一が覆いかぶさってきた。やんわりとした、だがイヤらしい手つきで、胸や下腹のあたりを撫でてくる。

「このままでいたら、またしたくなるけど…」

言い終わらないうちに、中途半端に咥えていた肉茎がどくんと脈打った。

「ひ……ぁっ」

思わず顔を上げ、のけぞった敦彦を、耀一はさらに淫らな言葉を紡いで、再び官能へと引きずり込もうとしていた。

「すごい…。また締めつけた。――――気持ちよくて…抜きたくない」

言われたそばから、またしゃぶるように蠢いてしまう。いつからこんなにイヤらしい反応を返す身体になってしまったのか。敦彦は、情けない半面、恐ろしくもあった。こんなに淫猥な肉体になってしまっては、身体が火照って夜毎《よごと》持て余すようになるのではないか。今は喜んでいるようだが、耀一とていつか呆れて軽蔑するのではないか。そんな後ろ向きな考えが、一挙に到来するのだ。

身体を丸めて震えている敦彦を不審に思った耀一が、慰撫するように撫でてくる。

「つらいか？」

問われて首を振る。本当のことを言えば、つらかった。感じ過ぎてしまって、つらいのだ。だが、それは口にしない。

「俺とセックスするの、嫌じゃないよな」

耀一にしては気弱な問いだったが、敦彦は迷わず頷いた。自分と寝るのは好きか、と直截に問われても素直に頷く。

こっちを向いて、と言われ、そっとうしろに顔を向けて、すぐだった。またしても、咥え込んでいたままの肉茎が、膨張したのだ。それも、一気に。

「あぁ…っ！」

たまらずに悶えた敦彦の身体は、耀一の手でくるりとひっくり返された。仰向けになった敦彦の上から、耀一が覗きこんでいる。そのまま、二、三度揺すぶられて、悲鳴を上げた。

「あっ、あっ、あぁぁっ、だめっ…ぇ」

おかしくなる、と二の腕を叩くと、上体を倒した耀一に抱きすくめられた。耳元で、クソッと小さく罵る声がする。

「おかしくなるのは、こっちのほうだっつうんだよ」

おまえ、可愛すぎる、と言われて、脳が煮えそうになった。

「――なに…言って」

「マジ可愛い。くそっ、やばい…」

呻くように言いながら、耀一が腰を打ちつけてくる。

涙目になった敦彦の顔を見た瞬間、記録的な早業で股間に血を集めてしまった耀一が、小指の先ほどで保っていた理性をすっ飛ばしてしまっただけなのだが、欲望を受け止める身としては、訳が分からないままに溺れるように行為に引きずられていくしかない。

「あぁっ、だめ、だめ、だめぇ…っ」

抜き差しされるたびに、注ぎ込まれたばかりの蜜液が溢れて、尻の間を滴っていくのがわかるのだ。おまけに、ぐちっ、と聞くに堪えないイヤらしい音までがしている。

「んっ、んっ、ああ……んっ」

キスの合間に、可愛い、食っちまいたい、などと全身の血が沸騰《ふっとう》しそうな睦言《むつごと》を繰り返し囁かれて、死にそうだと敦彦は思った。

激しく突きこまれて、たまらず逞しい背中にしがみついた。そうすると、抱きしめられていた腕の力が強くなり、息が止まりそうなくらい密着する。

がんがん揺さぶられて上げた悲鳴は、自分でも耳を塞いでしまいたいほど、甘ったるくいやらしい。

「愛してる」

凄まじい惑乱の中でも、耀一がくれた最高の贈り物はちゃんと耳に入ってきた。

「絶対浮気はしないから」

二度と俺を捨てないでくれ…。

らしからぬ懇願するような囁きは、偽らざる本音なのだろう。自分も同じだと返してやりたいが、立て続けに上がる嬌声の合間に、意味のある言葉を口にするのは不可能に近い。

「あ、あ、あぁ――――ん…っ」

愛しい男に抱かれる悦楽に溺れ切ったまま、敦彦は飽くことなく喜びの声を上げ続けていた。

「やっぱり、日本はいいなあ…」

胸の裡からしみじみ言うと、長い付き合いの友人が、ぶっと吹き出した。

「ジジ臭いぞ、高杉」

笑われても、腹は立たなかった。むしろ、懐かしい口調にほっとする。

「平和だし、二丁目はあるし」

なんだそりゃ、と笑った仲野が、アメリカにだって似たような場所はあっただろう、と指摘する。

「そりゃあ、あったけどさあ…」

自由の国、なんて言うけど、理想ばっかりで看板倒れだと何度思ったことか。実のところ、差別主義がまかりとおる、格差社会の恐ろしい国だ、としか高杉には思えない。同性婚を許可する州があったりして、表向きはリベラルを謳っているが、実際は、セクシャリティの問題で暴力を受けたり、下手をすると命を失いかねないようなところだ。

日本だってゲイに対する差別はあるが、ゲイだというだけで殴られたり、殺されたりはしない。

ゲイが集まるウェストハリウッドのような場所もあるが、二丁目のように安全ではない。レイプやドラッグのトラブルを避けるため、緊張して用心しいしい相手を物色するなど冗談じゃなかった。

その点、二丁目はいい。少なくとも命がけでナンパする必要はない。今や、外国人向けガイドブックにも必ず掲載されている、というのが納得できる。かの国で親交を結んだゲイ友の多くが、〝ニチョーメ〟に憧れを持ち、行ってみたいと口をそろえて言うくらいだ。

高杉は、あらためて狭い店内を見回した。

仲野が手配したらしい〝よくもまあ無事で帰って来たねパーティー〟は、二丁目の「グレイ」で開かれている。店主は、細身の背の高い男で、なかなかのイケメンだ。年上相手もやぶさかではない高杉だったが、敦彦から「ケイちゃんは、細マッチョ好きのバリタチだから」と教えられたため、コナをかけるのはやめている。

その有難い情報をくれた親友は、店の隅で、彼氏とイチャついていた。付き合いはじめたのは、高杉が渡米してすぐのことらしい。あろうことか、相手も高杉がよく知る男だった。

敦彦がゲイだと知ったのは、やはり渡米してからだが、ゲイでも宗旨替えしたノンケでも、久永とだけは付き合ってほしくなかった。この世で、もっとも純粋な友情を捧げてきた敦彦が傷つく様を見たくはなかったのだ。

久永は、高杉が知る限り、もっとも誠実さとは縁遠い男だったからである。その二人が、いまだに続いているという。続いているだけでなく、ラブラブで目も当てられないほどの両想いオーラで周囲を辟易させているのだという。

仲野の兄であるニューハーフのサエからのメールを読んだときも全く信じられなかったし、同じことを仲野に太鼓判《たいこばん》を押されても信じられなかった。しまいには、時差を忘れて電話をかけ、久永を叩き起こして問い詰めてしまったくらいである。

寝起きで不機嫌そのものだった悪友は、だがひどく幸せそうに惚気《のろけ》ていた。「絶対に浮気はしない」という言質《げんち》まで取って電話を切ったのだが、それまでの行状を逐一知っている高杉からしたら、政治家の公約と同じくらいの信用度しかなかった。

帰国したら、敦彦を慰めてやることになるだろうな、と覚悟をしていたくらいである。

それが…。

二人は店の隅の壁際で、なにやらひそひそ囁き合っているのであるが、その蕩けそうな顔つきは、間違いなく幸せな恋愛をしている者にしかできない表情だった。ラブオーラ炸裂、とメールで寄越したサエは、ちっとも大袈裟ではなかったのである。

「なんなんだ、俺のいない間に…」

なんだか非常に面白くなかった。自分が劇的な瞬間を見逃してしまったかのような、損をした気分になる。

「高杉さぁ」

グラス片手の仲野が、探るような目で問いかけてきた。

「あの二人の、どっちに惚れてたの？」

ありえないことを聞かれて、高杉は顎が外れそうになった。だが、仲野はしれっとしながら、話し続けている。

「久永はないよな。それくらい俺だってわかるよ。まあ、ありえないってことはありえないってこともあるから、もしやと思わなくはないけどさ。どっちかっていうと、三郷だよな？　どのくらい本気だったの？　前におまえが言ってた初恋のカレって、あれ、三郷のことだよな？　いまでも本命？　鬼の居ぬ間にかっさらわれた、とかって思ってるわけ？」

「おまえのけがらわしい妄想に、敦彦を巻き込むな」

睨んでも、仲野には全く効かない。けがらわしくなんかないだろ〜、なんて言っている始末だ。

ただし、この仲野という男、やっぱりちょっと侮れないのかもしれない、と高杉は思う。今まで、鈍い、鈍いと思っていたが、意外に鋭いところを突いてくるではないか、と。

ご褒美タイムだ、というわけではないが、今後のために、高杉はほんの少しだけ腹の裡を見せてやることにする。

「初恋うんぬんは、まあビンゴだな」

「あ、やっぱり？　おお、俺様、すげぇ」

これくらいで自画自賛《じがじさん》かよ。チョロイやつ、と思いつつ、ずっと傍から見てれば、それくらい気付いて当然だろうとも思う。

「まあ、あれだ。青春の綺麗な思い出だな。純粋で青くて、小心者だった俺の、思い出アルバムの一ページってやつ」

今残っているのは感慨深いような感傷だけで、恋情はまるで湧いてこない。見守り過ぎて、気分は敦彦の兄か何かのようになっている。旧友達から「おまえは三郷の保護者か！」と突っ込まれても、平然としていられるだけの自覚はすでに持っていた。

「思い出アルバムねえ…。全体的に黒そうだけど、その中で、三郷のページだけは白く輝いていると。そんな感じ？」

「そんな感じ…」

そこまでひどくないぞ、と思いつつ、否定すると藪蛇《やぶへび》になりそうなので、同意しておく。

「どのみち、久永相手には、最高機密扱いだな」

あいつ、結構嫉妬深いよな、とこの二年の間に随分親交を深めたらしい仲野が呟いた。

「俺なんか、三郷と飯を食う約束をするたびに牽制《けんせい》されるもんな。そんなに大事なら、自分んとこの事務所に移籍させりゃいいのに」

「そのうち、強引に引っ張るんじゃねぇ？」

あいつならやりかねない、と言うと、いや、と意外にも仲野は否定してくる。

「キャリアの邪魔をしたくないんだとさ」

「マジで、あいつそう言ったのか？　なんだ、意外と大人な対応してるな」

でもないぜ、と仲野が意地の悪い笑みを浮かべた。人当たりの良さそうなこの男の、腹黒い部分を垣間見ると、高杉は宝くじにでも当たったような気分になる。しごく稀に、仲野が気を緩めたほんの一瞬の隙に、無意識に晒してしまっただろう裏の顔だからだ。ごくごく親しい限られた相手だけに見せる腹の底というわけだが、滅多に見ることはない。故に貴重だというのもあるし、それだけ自分には気を許してくれているのだと思うと、優越感で頬が緩みそうになる。

「三郷に留学話が出てるからな。渡米するのが本決まりになったら、あいつ絶対付いていくと思うぞ。どんな手を使っても」

それこそやりかねない、と高杉がちょっといや〜な感じに眉をひそめていると、だからな、と仲野が話を続ける。

「近々また壮行会やるから。今度は、高杉も手伝えよ？　表関係は俺がやるから、こっち関係は高杉の仕切りな？」

言うだけ言って、仲野はさっさと行ってしまった。見れば、二人だけの世界に浸っている敦彦達の邪魔をしに行ったようだ。

しようがないやつだな、と思いつつ、高杉は微苦笑を浮かべていた。

昔から、仲野の頼みを断れたためしがない。断ろうと思ったこともないのだが、せめて貸しにカウントしてもらいたいと思う。久永とタメを張るくらい図太い男は、笑って聞こえないふりをするに決まっているだろうが。

鈍いしなぁ。

保身のために、鈍い振りをしているだけなのではないかと勘繰ったこともあったが、多分本当に気付かないのだ。

なんで、こいつも思い出アルバムにつっこめないのかな、と我ながら不思議に思う。報われそうにない思いだが、そばにいられればそれでいいか、と折り合いも付けられるようになった。

サエちゃんにでも、ちょっと相談してみるかな…。なにせ兄弟だし。

渡米している間に磨きをかけた狡猾《こうかつ》さをとりあえずは引っ込めて、見ているだけで恥ずかしい友人達をからかうため、高杉も騒ぎの輪の中へ加わって行った。

終

■あとがき■

今泉《いまいずみ》まさ子でございます。ショコラ様ではお初にお目にかかります。お手に取って下さいまして、ありがとうございました。

商業誌のお仕事を頂くようになってから、年々遅筆になっていき、寄る年波には敵わないのかと日々嘆いております。

寄る年波と言えば、酒量の落ちっぷりはびっくりするほどです。空の一升瓶を抱えて満足気にしていた(↑証拠写真あり。K村Y子談)私はどこに行ったのでしょう…。いくらすきっ腹だったとはいえ、白ワインとサングリア数杯でちょっとヘロってしまうとは。もっとも、顔にはまるで出ていないので、親しい人間でないと、酔っているとはわからないらしいです。深夜帰宅後、家族に「結構飲んだの?」と指摘されましたが、以前なら酒臭いのがバレなければ、飲んだとはわからなかったのにぃ～。

しかも、アルコールが抜けにくくなっている(落涙)。途中で化粧室に行けば一度リセットされて再開だったのに、もうそんな小技は使えない。どんだけ飲んでても帰宅するまでには半分くらい抜けてしまい、入浴してちゃんと眠れば翌朝はスッキリだったのに、新陳代謝が悪くなっているせいか、もはやそんな奇跡は起こらない。といっても二日酔いとはほぼ縁がないので、アルコール分解酵素はまだ現役みたいです。よかった(笑)。

どれほど深酒しようとも、いまだかつて記憶を失くしたことがないのが自慢とも言えない自慢ではありますが、ほんのりとも顔が赤くならないのは、色気も可愛げもない…。本人はほろ酔いでいい気分でも、周りには「飲み足りていないらしい」と思われているのか、がんがん勧められたり、注がれたり…。

ここ最近、とんと「酒が飲みた〜い！　飲ませろ〜！」という気にまるでならないので、一生分の酒はもう飲んでしまったのかもしれない、と思っていましたが、どうやら単に体力と気力が尽きていた様子。脱稿して、余裕が出てきたのかも。

美味しく飲み、美味しく食べるために、次回作も精一杯務めます。お仕事が頂けたら、ですが。

遅々として進まない原稿を、辛抱強く待っていて下さった担当のF田様に心からの感謝を。緻密なお仕事ぶりのお陰で、自堕落な私もなんとかやっていけます。今後とも、よろしくお願いします〜(懇願)。

また拙著をお手に取って頂ける日が来るのでしょうか。来るとよいのですが…。

ではでは皆様、いずれまた…。

今泉まさ子

初出
「わりとよくある恋の話」書下ろし

CHOCOLAT
BUNKO

この本を読んでのご意見、ご感想をお寄せ下さい。
作者への手紙もお待ちしております。

あて先
〒171-0021東京都豊島区西池袋3-25-11第八志野ビル5階
(株)心交社　ショコラ編集部

わりとよくある恋の話

2012年6月20日　第1刷

著　者:今泉まさ子
発行者:林 高弘
発行所:株式会社　心交社
〒171-0021　東京都豊島区西池袋3-25-11
第八志野ビル5階
(編集)03-3980-6337 (営業)03-3959-6169
http://www.chocolat_novels.com/
印刷所:図書印刷 株式会社

CHOCOLAT BUNKO

お手数ですが
50円切手を
お貼り下さい

郵便はがき

1 7 1 - 0 0 2 1

東京都豊島区西池袋3-25-11
第八志野ビル5F
(株) 心交社
ショコラ文庫 愛読者 係

ご購入した本のタイトル
住所 〒
フリガナ 氏名 ｜ 女・男
年齢 ｜ 職業(学年)
あなたがよく買うBL雑誌・レーベルを教えてください

◆アンケートをお送りいただいた方から、毎月10名様にオリジナル図書カードをプレゼントいたします。当アンケートはショコラHPからもお答えいただけます。
◆ご記入いただいた個人情報は賞品発送以外の目的には使用しません。

ショコラ文庫　愛読者アンケート

この本を何でお知りになりましたか。

1.書店で見て　2.広告　3.友人から聞いて　4.当社のHPで見て
5.その他（　　　　　　　　　　　　　　　　　　　　　　　　　）

この本をご購入された理由を教えてください。

1.書店で見て　2.小説家のファンだから　3.イラストレーターのファンだから
4.カバー・装丁を見て　5.あらすじを読んで　5.その他（　　　　　　）

カバーデザイン・装丁についてはいかがですか?

1.良い　2.普通　3.悪い　（理由　　　　　　　　　　　　　　　　　　）

好きなジャンルに○、嫌いなジャンルに×をつけてください（複数回答可）

1.学園　2.サラリーマン　3.ファンタジー　4.歴史　5.オヤジ
6.ショタ　7.歳の差　8.SM　9.複数プレイ　10.血縁関係
11.三角関係　12.アラブ　13.ヤクザ　14.貴族　15.エロ
16.特殊職業（　　　　　　　　　　　）　17.アンハッピーエンド
18.その他（　　　　　　　　　　　　　　　　　　　　　　　）

好きな小説家とイラストレーターを教えてください（複数回答可）

これまで発行されていたショコラノベルスの中で、文庫化してほしい作品がありましたら教えてください。

この本に対するご意見・ご感想をお書きください。

ご協力ありがとうございました。

小説ショコラ新人賞 原稿募集

賞金

大賞…30万
佳作…10万
奨励賞…3万
期待賞…1万
キラリ賞…5千円分図書カード

大賞受賞者は即デビュー
佳作入賞者にもWEB雑誌掲載・
電子配信のチャンスあり☆
奨励賞以上の入賞者には、
担当編集がつき個別指導!!

第四回〆切
2012年10月1日(月) 消印有効

※締切を過ぎた作品は、次回に繰り越しいたします。

発表
2013年1月下旬 小説ショコラWEBにて

【募集作品】
オリジナルボーイズラブ作品。
同人誌掲載作品・HP発表作品でも可(規定の原稿形態にしてご送付ください)。

【応募資格】
商業誌デビューされていない方(年齢・性別は問いません)。

【応募規定】
・400字詰め原稿用紙100枚～150枚以内(手書き原稿不可)。
・書式は20字×20行のタテ書き(2～3段組みも可)にし、用紙は片面印刷でA4またはB5をご使用ください。
・原稿用紙は左肩をクリップなどで綴じ、必ずノンブル(通し番号)をふってください。
・作品の内容が最後までわかるあらすじを800字以内で書き、本文の前で綴じてください。
・応募用紙は作品の最終ページの裏に貼付し(コピー可)、項目は必ず全て記入してください。
・1回の募集につき、1人2作品までとさせていただきます。
・希望者には簡単なコメントをお返しいたします。自分の住所・氏名を明記した封筒(長4～長3サイズ)に、80円切手を貼ったものを同封してください。
・郵送か宅配便にてご送付ください。原稿は原則として返却いたしません。
・二重投稿(他誌に投稿し結果の出ていない作品)は固くお断りさせていただきます。結果の出ている作品につきましてはご応募可能です。
・条件を満たしていない応募原稿は選考対象外となりますのでご注意ください。
・個人情報は本人の許可なく、第三者に譲渡・提供はいたしません。
※その他、詳しい応募方法、応募用紙に関しましては弊社HPをご確認ください。

CHOCOLAT BUNKO

【宛先】
〒171-0021
東京都豊島区西池袋3-25-11　第八志野ビル5F
(株)心交社　「小説ショコラ新人賞」係